di Fabio Volo

nella collezione Oscar

Esco a fare due passi
È una vita che ti aspetto
Il giorno in più
Un posto nel mondo
Le prime luci del mattino
La strada verso casa
Il tempo che vorrei

nella collezione Varia

È tutta vita

FABIO VOLO

È UNA VITA CHE TI ASPETTO

OSCAR MONDADORI

I edizione Arcobaleno marzo 2003
I edizione Oscar bestsellers settembre 2004
I edizione Grandi Bestellers ottobre 2010
III edizione Oscar bestsellers aprile 2015

ISBN 978-88-04-65374-5

Questo volume è stato stampato
presso ELCOGRAF S.p.A.
Stabilimento - Cles (TN)
Stampato in Italia. Printed in Italy

Anno 2016 - Ristampa 3 4 5 6 7

www.librimondadori.it

È una vita che ti aspetto

A Nicola

A voi che dall'albero della vita
cogliete le foglie e trascurate i frutti.

SILVANO AGOSTI

Intro

Che freddo. Sono raffreddato. Del resto lo sapevo.

Si è fermata da me per la notte, e ho voluto dormire nudo, perché mettere la maglietta mi sembrava poco macho. Pensare che lo so che se non mi metto la magliettina poi prendo freddo. Ma a volte mi piace fare il figo, mi piace fingere di essere quello che non sono. Faccio il duro a torso nudo e la mattina dico: «Babba bia che freddo». Ma mi sa che questa è stata l'ultima volta.

Qualcosa è cambiato.

Mi sa che l'amo. Mi sa che per la prima volta sono innamorato. Intendo dire innamorato veramente.

L'ho pensato perché ieri sera dopo aver fatto l'amore ho dormito dalla parte umida del letto, dove lo avevamo fatto. Secondo me se dopo averla amata le ho lasciato la parte asciutta, be'... questo è amore.

Mi sono svegliato con un braccio fuori dalle coperte: era praticamente congelato. Lei se n'era già andata a lavorare. Me lo sono toccato (il braccio) con l'altra mano per cercare di riattivare la circolazione, o perlomeno per riscaldarlo e restituirgli una temperatura da essere umano vivo.

Metaforicamente ho fatto al braccio quello che nell'ultimo periodo ho fatto alla mia vita: l'ho ripassata tutta con una mano invisibile e l'ho accarezzata cercando di restituirle una temperatura da essere umano vivo.

Ora sto bene. Posso dirlo senza paura, sto proprio bene.

Nella mia vita ora circola calore. Sono vivo. Sono felice.

Vado in cucina a fare colazione e trovo la moka sul fornello, e appiccicato sopra un post-it giallo con scritto: "Il caffè è pronto, devi solo accendere".

Mi siedo e rimango a guardare il bigliettino e la moka. Tutto è così semplice, e il suo gesto mi commuove. Aspetto ancora un attimo, mi godo questo momento e poi accendo. Dopo qualche minuto la cucina si riempie di profumo. Profumo di caffè. Quanto mi piace. Soprattutto la mattina. E io lo respiro, respiro il caffè, respiro la vita, ultimamente così diversa, delicata, fragile, limpida, armoniosa. E intanto mi sento potente. Potente e felice come Dio.

Accendo lo stereo e metto, per una mattina così meravigliosa, «Way to Blue. An Introduction to Nick Drake». Un album che rispecchia il mio stato d'animo, la mia situazione.

La musica e il profumo di caffè si abbracciano nell'aria e danzano per me.

E io vorrei gridare: "Sono un uomo felice, grazie!".

1

Liberatemi

«Cos'è, una malattia grave? Inguaribile? Insomma, che cos'ho? Dimmelo, non tenermi nascosto niente. Devo fare una TAC?»

Queste sono state le prime parole che ho detto guardando in faccia Giovanni quando sono entrato nel suo ambulatorio, qualche giorno dopo che mi aveva fatto fare delle analisi.

Era parecchio che aspettavo l'esito, e non nascondo che avevo anche avuto paura. In quei giorni sono stato molto agitato.

Non è facile per me capire da che punto devo partire a raccontare questa storia. Non so dove sia esattamente l'inizio. Non so se cominciare da una decisione, o dai pensieri che la fanno nascere, o dai sintomi che fanno nascere i pensieri, o da disagi, crisi... Adamo ed Eva.

Innanzitutto, vorrei esternare lo stato d'animo che sto provando adesso nel trovarmi di fronte a queste pagine bianche. Di fronte a questa incognita. Chissà come le riempirò? Cosa c'è di meglio che essere curiosi di se stessi?

Pagina bianca come la vita. Le amo entrambe perché sono curioso di vedere come va a finire.

Posso riempirle con cose stupide, discorsi o frasi di senso compiuto, o anche mettere parole a caso. Senza regole, senza limiti. Citofono. Barchetta. Fiore. Suora. Balcone. Prima era bianco, adesso c'è una parola. Una parola che prima non c'era.

Fatta questa premessa, posso iniziare a raccontare la mia

storia. Non la mia vita. Solo una piccola storia della mia vita. Perché se non mi fosse capitata avrei continuato a credere che queste cose non succedano.

Mi chiamo Francesco, ma tutti da sempre mi chiamano Checco, e circa cinque anni fa, alla giovane età di ventotto anni, vivevo una vita che si potrebbe, senza farsi troppe pippe mentali, definire "NORMALE". Dico pippe mentali perché ogni volta che si usa la parola "NORMALE" c'è sempre qualcuno che chiede: ma cos'è normale? E giù filosofia a fiumi.

Per normale intendo senza grandi traumi o shock. Normale.

Mi ero laureato in Economia e commercio discutendo la tesi: *Il metodo di coordinamento economico: l'elasticità della microeconomia.*

Lavoravo da qualche anno per una società di leasing. La Finalta. Avevo una Golf 1.9 turbodiesel high-line, grigia, 115 cavalli, cambio automatico tiptronic. Autoradio con navigatore, cerchi del 19 in lega. Tettuccio apribile e fari allo xeno.

Il motivo per cui avevo una macchina così superaccessoriata è che l'ho comprata da un mio cliente che mi ha fatto un prezzo talmente basso che non ho potuto rifiutare. In più, ho scaricato fiscalmente parte del valore della vettura recuperando l'IVA.

Avevo anche una bici da corsa e sempre la mia vecchia Vespa 50 che ho comprato quando avevo quindici anni. Vivevo da solo in un bilocale che pagavo con un mutuo di quindici anni al 7% di interesse euribor a sei mesi + 1,30 di spread.

Alla lettura del contratto, il giovane notaio figlio del notaio, dopo aver elencato una serie di punti che non ho nemmeno capito perché andava troppo velocemente, ha incassato un assegno di circa otto milioni di lire. Sette milioni e settecentomila per la precisione.

Pare che i notai guadagnino molto perché hanno dovuto studiare parecchio. Sembra che quel *parecchio* sia a spese nostre. Forse pensano che, quando loro stavano studiando, noi eravamo in giro a non fare un cazzo.

Il bilocale è al secondo piano di una palazzina con giardinetto di ghiaia che però dal mio appartamento non vedo perché le stanze danno sulla strada. Quando torno a casa, passeggiando nel giardinetto sento lo scricchiolio dei sassettini. A occhi chiusi so distinguere il rumore di passi, di biciclette o quello di passeggini.

Riesco addirittura a indovinare se chi cammina è giovane o anziano. Ho un margine d'errore talmente basso che potrei presentarmi a qualche programma televisivo. Se non fosse che ho vergogna delle telecamere, già mi vedrei: "Signore e signori, è qui con noi anche questa sera il campione dei campioni, l'uomo che grazie al suo straordinario talento ha vinto un montepremi di cinquecentomila euro, il signor Checcoooo... un applausooo. E ora vaiii con la passeggiata misteriosa...".

Nell'atrio della palazzina, a fianco dell'ascensore c'è appeso un regolamento:

- Vietato parcheggiare biciclette, passeggini o altro nell'atrio.
- La battitura di tappeti o altro può essere effettuata soltanto dalle ore otto alle ore dieci durante la stagione invernale e dalle sette alle nove durante la stagione estiva.
- Vietato stendere biancheria, panni o altro alle finestre verso strada.
- Vietato disturbare i vicini, sia quelli dei piani inferiori che quelli dei piani superiori, manovrando oggetti in maniera da produrre rumori o con schiamazzi, suoni, canti, danze o usando apparecchi radio, televisori a volume eccessivo.

Questi sono i punti che ricordo ma ce ne sono molti altri.

Vivendo al secondo piano con vista sulla strada, quando sfrecciano la notte le macchine, dal rumore mi sembra che passino tra il comodino e il letto. Ma ormai ci sono abituato. L'unica cosa che ancora sento sono le marmitte truccate dei motorini, gli antifurto e i camion della nettezza urbana che portano via il vetro. Quelli mi spaventano sempre.

Una volta ho fatto un finesettimana in montagna e ho faticato a addormentarmi per il troppo silenzio.

Pensare che quando abitavo dai miei non si sentiva niente. Tranne l'inquilino del terzo piano che usciva dal garage con la sua Fiat Punto bianca. Il signor Pedretti per la precisione, pensionato sulla settantina che credo si potesse tranquillamente iscrivere al campionato *Chi ci mette più tempo a uscire dal garage?*

Il rumore delle sue manovre era evidenziato da un utilizzo un po' lento della frizione e uno troppo pesante dell'acceleratore. Questo stile portava il motore della Punto a circa dieci-dodicimila giri.

L'appartamento, l'ho arredato appena l'ho preso e non manca niente. Con l'idea che avrei comprato tutto una volta per sempre, ho scelto ogni cosa con accurata attenzione. Letto matrimoniale della Flou con spalliera alta. Divano di Cassina. Tavolino Philippe Starck e lampada Arco della Flos. Pavimento in parquet anche in bagno. Stereo composto da: giradischi Thorens, piastra, cd e amplificatore McIntosh, casse Tannoy. E un televisore Sony.

Ma soprattutto ho realizzato il sogno della mia vita: il frigorifero anni Cinquanta blu della Smeg.

Ho speso talmente tanti soldi che per un po' sono stato forzato al risparmio. Anche nelle piccole cose. Ad esempio ho dovuto fumare le Diana e uscire di casa solo dopo cena. Già mangiato. Che coglione!

Nonostante tutte queste cose, però, non ero felice. Soprattutto non ero una persona libera.

Addirittura certe notti mi capitava di svegliarmi agitato e non riuscire più a riaddormentarmi. Avevo paura. Avevo paura, ma non sapevo di cosa. Semplicemente provavo una sensazione di paura senza conoscerne il motivo.

Mi sentivo angosciato, pieno di ansie e mi ritrovavo sveglio.

Sveglio come se avessi dormito diverse ore.

Desideravo soltanto un po' di quiete. Non chiedevo molto. Volevo solo stare bene.

A volte mi succedeva anche durante la giornata, mentre ero seduto alla scrivania, o magari quando ero solo in macchina.

Guidavo e mi veniva come da piangere, mi assaliva questa sensazione e non capivo cos'era.

Non sapevo come gestirla, non aveva maniglie, non potevo afferrarla, controllarla, non c'era via d'uscita. Sentivo un peso sul torace e volevo uscire da me stesso, strapparmi la pelle di dosso, scappare!

Qualcosa dentro di me era in disordine.

Quando cercavo di capire, quando cercavo una spiegazione logica, non trovavo risposta.

Razionalmente andava tutto bene.

Sì, è vero, ultimamente il lavoro non lo amavo molto, e spesso c'erano giorni in cui avrei voluto fare qualsiasi altra cosa pur di non andare in ufficio, ma a chi non succede? Alla fine non guadagnavo male e in confronto a tante altre persone ero fortunato. Non mi potevo certo lamentare. E di cosa dovevo aver paura, poi?

Andava tutto bene. Eppure.

Forse avevo paura di perdere tutto. Quel tutto che andava bene. Boh! Avrei dovuto chiedere a un analista. Ma ormai è passata. Non serve più. Non serve più l'analista, non servono più tranquillanti, antidepressivi, sballi da droghe né trasgressioni sessuali. Nessuna alterazione della coscienza. Non serve più niente.

È passata. Adesso sto bene. Finalmente.

Queste sensazioni di paura mi venivano anche di giorno, ma la notte... la notte mi schiacciavano la faccia contro il muro, e mi sembrava di essere preso in ostaggio. Speravo solo che la luce del mattino arrivasse a pagare il riscatto per liberarmi. Stavo male.

Cominciavo a pensare che probabilmente mi stava per succedere qualcosa di brutto, un incidente, una disgrazia. Pensavo al resto della vita su una sedia a rotelle, oppure immaginavo di diventare cieco, o di perdere i genitori. Avevo paura di morire.

Spesso mi capitava che, cercando un motivo per giustificare quella paura, in realtà iniziavo a pensare e così da solo mi creavo nuovi fantasmi che non facevano che peggiorare il mio stato di ansia. Entravo in un gioco malato in cui immaginavo, per esempio, il resto della mia vita senza mio padre o mia madre.

"Come farò senza di loro...?" mi chiedevo.

E allora sentivo l'esigenza di chiamarli subito per dirgli che li amavo, e che, anche se non glielo avevo mai detto, io li amavo, li amavo da morire. Una notte, erano le quattro e trentasette, ricordo ancora quei numeri sulla sveglia, mi sono alzato e sono andato verso il telefono. Mi sono guardato allo specchio e ho visto in faccia la paura. Ho iniziato a comporre il numero e nel silenzio fra l'ultima cifra e il primo squillo ho messo giù. Sono andato in bagno a lavarmi la faccia con l'acqua fredda, poi sono tornato al telefono. Sentivo che potevo morire da un momento all'altro. Era l'unica e ultima occasione per dirglielo. Questa volta, a metà numero ho rinunciato. Mi sono calmato e ho capito che, essendo molto tardi, se li avessi chiamati sarebbero morti loro. Dallo spavento.

Sono andato in bagno perché mi era venuto un attacco di...

Era finita la carta. Mi sono alzato e ho passeggiato con le mutande alle caviglie fino all'armadietto. Ho iniziato il rotolo nuovo ma l'ho strappato male. È rimasto un pezzettino attaccato e per pareggiare la carta ho dovuto srotolarne dei metri. Che nervi. Che notti.

Sono tornato a letto.

Non trovavo una posizione comoda. Ci sono delle volte in cui ho la sensazione che due braccia siano troppe per dormire bene. C'è un braccio che non si sa dove mettere. Senza, secondo me, si dormirebbe meglio.

Una notte mi sono addormentato sopra quel braccio. Mi sono svegliato e non lo sentivo più. Era anestetizzato. Che paura! Ho pensato subito che dovessero amputarmelo. Il solito ottimista.

In quelle notti di panico mi assalivano ricordi vestiti di malinconia e le scene nella memoria si svolgevano lentamente, quasi al rallentatore, come in un film. Si iniziava a proiettare *Nuovo cinema paranoie*. Rivedevo mia madre quando mi insegnava a fare il pane in casa, quando entrava nella mia cameretta a controllare o a mettere a posto qualcosa e io fingevo di dormire. Fingevo di dormire, e da quel piccolo spiraglio, da quella piccola fessura dei miei occhi appena aperti la osservavo di nascosto. Chissà, forse speravo di rubare, di carpire, di imparare qualcosa di nuovo di lei, qualche suo segreto, per farla ancora più intima, ancora più mia. La mia mamma.

Pensavo a quando da piccolino mi teneva in braccio e io, appoggiando la testa sulla sua spalla, guardavo tutto da lassù. Come un pellegrino che, arrivato sulla cima del monte, guarda la strada che ha già percorso e quella sconosciuta che ancora lo attende.

Era un continuo ricordare cose meravigliose, piene d'amore, piene di nostalgia. Come quando facevo i compiti in cucina il pomeriggio mentre lei era al lavello che lavava e sentivo il rumore della fede che picchiava contro i piatti e i bicchieri. Tic tic tic... Ancora adesso, quando vado a mangiare da loro e mia mamma poi lava, sento lo stesso piccolo rumore e mi commuovo all'idea che un giorno improvvisamente quel tic tic non lo sentirò più.

Il cuore mi si gonfiava e facevo fatica a respirare. Soffocavo. Pensavo che un giorno, rispondendo al telefono, non avrei più potuto scoprire che erano loro a chiamarmi.

Non sarebbe più comparso sul display "CASA".

Non avrei più sentito la voce di mia madre. E quella voce già mi mancava, quel suono così delicato, quasi da bambina, così familiare, così buono, così infinita primavera.

Mi rotolavo nel letto assalito da questi pensieri.

Comunque alla fine accendevo l'abat-jour e mi arrendevo.

Mi capitava spesso anche di dovermene andare da situazioni dove c'era tanta gente, o da posti chiusi. All'improvviso ero assalito da una sensazione di disagio. In quelle stanze, in quei bar, in quei locali pieni di folla mi sentivo in trappola. Al chiuso mi mancava l'aria.

Per questo motivo andavo sempre con la mia macchina. Mi faceva stare più tranquillo. Sempre pronto a scappare. Entravo al cinema o in discoteca e guardavo subito dov'erano le uscite di sicurezza.

Volare in aereo era terrificante. Immaginavo i titoli dei giornali. Vedevo nella mia mente i giornalisti annunciare ai telegiornali la catastrofe. Cercavo di ricordare se su quella tratta era già successo prima. Guardavo le persone intorno a me e tentavo di capire se avevano la faccia di gente che poteva morire, nel senso che, se c'era qualcuno che sembrava veramente sfigato, mi preoccupavo di più.

Ma una notte, ed è qui forse il vero inizio della storia, mi sono svegliato agitato perché avevo fatto uno strano sogno.

Quella notte ho sognato mia nonna. A parte i primi giorni dopo la sua morte, non l'avevo più sognata.

Ero davanti a una porta, bussavo e qualcuno mi apriva. Entravo con le valigie in mano. Erano talmente grandi che sembrava mi fossi portato anche l'angolo cottura e il divano. Non era la vera casa di mia nonna, era diversa da quella dove abitava lei, ma non so perché avevo capito subito che era la sua.

Mia nonna mi diceva: "Sono contenta che mi vieni a trovare, anzi che ti trasferisci da me... pensavo di dover aspettare ancora un po', invece ho saputo che stavi arrivando e ho preparato la stanza".

Io non ci volevo andare a vivere da mia nonna, la rivedevo volentieri ma andare a vivere da lei no. E poi casa mia l'avevo finalmente arredata come volevo.

"Non ci voglio venire a vivere da te, nonna, mi piace la mia casa."

"Tu non hai più una casa, anzi, a essere precisi non l'hai mai avuta e poi non sei tu a decidere e la stanza è già pronta."

"Nonna... ma che caaaaaacchio dici? Ti è partito un embolo? Come, non ho mai avuto una casa? Ho anche comprato il frigo nuovo. Blu. Dovresti vederlo, nonna, che bello che è. È più grande di quello che avevo prima, me ne sono accorto soprattutto quando ho fatto la spesa perché, mettendola dentro, ho capito che se voglio riempirlo devo comprare più cose."

Lei ha iniziato a ridere e poi mi ha detto: "... Credi che ti possa salvare un frigorifero? Ah ah ah".

In quel sogno cominciava a diventarmi antipatica.

Strano, però.

Avevo sempre avuto un bel rapporto con mia nonna. Ero molto affezionato a lei. Dopo la morte del nonno era anche venuta a vivere da noi, e io e lei dormivamo nella stessa stanza. Ho molti ricordi legati a quelle sere prima di addormentarci. Ad esempio, quando si sfilava i vestiti prima di andare a dormire faceva i fuochi d'artificio. Sembrava la carrozzeria di una macchina che sfrega sull'asfalto. Era tutta una scintilla. Per via di quei tessuti sintetici. *Acrilico.* C'è stato un periodo in cui l'avevo soprannominata "Capodanno". Quando la vedevo entrare in camera contavo ad alta voce: meno dieci, nove, otto, sette... e lei rideva.

Capodanno era veramente simpatica. Creava un campo elettromagnetico e quando sbucava dal vestito aveva i capelli sparati in alto. Sembrava il manager di Tyson. Don King. Anche un po' la nonna della famiglia Addams.

Una cosa mi è rimasta impressa: se per farla ridere facevo gli occhi storti, lei mi diceva di smettere subito, perché sennò mi sarebbero rimasti così.

La mattina mi sono svegliato molto agitato da quel sogno perché non volevo andare a vivere da mia nonna, a me piaceva vivere da solo a casa mia. Alla fine, quando ho capito che era un sogno, prima mi sono tranquillizzato e poi mi sono riagitato.

"E se magari vuol dire che devo morire?"

Cercavo di ricordare le sue parole.

"... Mi vieni a trovare... pensavo di dover aspettare ancora un po', invece... non sei tu a decidere... ho preparato la stanza... credi che ti possa salvare un frigorifero?"

La mattina non ero così coinvolto o spaventato come la notte, ma essendo paranoico non è che potevo far finta di niente, dimenticare, non notare. Sono andato in cucina e ho abbracciato il frigorifero. Poi, per stare più tranquillo, senza dire niente a nessuno ho deciso di farmi fare una visitina di controllo. Non tanto per il sogno, ma come comportamento maturo. Naturalmente. Non penserete davvero che io vada a farmi prescrivere delle analisi per un sogno insignificante? Era un po' che non facevo il tagliando. La revisione.

Ok, ok, confesso. Il sogno era il motivo. A essere sincero fino in fondo mi sentivo anche un po' stupido.

Erano anni che sognavo di farmi una bella TAC.

L'idea che ti controllino dalla testa ai piedi mi è sempre piaciuta. Così, per evitare che un giorno dicessero di me frasi tipo: "Purtroppo quando gli hanno trovato quella macchia era già troppo grande. Ormai era tardi".

Ho deciso di chiamare Giovanni, il mio medico da sempre nonché amico di mia madre dai tempi del liceo.

Con Giovanni avevo sempre avuto un bellissimo rapporto, era un po' come uno zio, veniva spesso anche a casa da noi, e poi crescendo mi ero confidato con lui parecchie volte. A lui riuscivo a chiedere quello che era impossibile chiedere a mio padre. In certi momenti il mio segreto più intimo, di cui un po' mi vergognavo e che non ho mai detto a nessuno, era che avrei voluto che mio padre fosse lui.

Ora non lo penso più.

Comunque lo chiamo, e lui mi fissa un appuntamento per dei prelievi la mattina dopo, e un altro da lui nel pomeriggio.

La mattina sono andato a fare gli esami a digiuno. Nemmeno il caffè ho potuto bere. Sono passato davanti a una pasticceria e a momenti mi mettevo a leccare la vetrina. Ho fissato un vassoio di brioche e gli ho detto che sarei tornato subito dopo il prelievo. Sono arrivato nella sala d'attesa, che era piena di facce pallide e stravolte. Piena di anziani. Con la luce al neon. Appena mi hanno infilato l'ago, come tutte le volte ho perso i sensi. Immancabilmente poi mi dicono di rimanere su una sedia e mi danno acqua e zucchero, mentre loro continuano a fare i prelievi. Alla mia postazione, dopo di me entra sempre o un ragazzino o una donna. Loro non svengono mai e io, umiliato sulla sedia, faccio la figura dello sfigato. Non lo faccio apposta, come sento l'ago che buca la pelle, bang! Svengo.

Sono uscito e mi sono presentato a quell'appuntamento col vassoio in pasticceria. Gli ho fatto un culo pazzesco. Nel pomeriggio, poi, sono andato da Giovanni. Avevo male al braccio dove c'era il buco.

Mi sono seduto nella sala d'attesa. C'era una ragazza che sfogliava senza interesse una rivista. Mi piace stare in una stanza con una donna. Anche quando prendo il treno, se entro in uno scompartimento e ci trovo una donna sono più contento. E se non c'è continuo a cercare finché la trovo. Non è che poi le rivolgo la parola, o ci parlo, o ci provo per forza, anzi, ma mi piace che sia lì. Mi piace la loro compagnia anche se silenziosa e sconosciuta. Le donne sono belle da respirare.

Mi piace avere a che fare con loro, non parlo dal punto di vista sessuale. Per esempio, a volte mi capita, uscendo dall'autostrada, di scegliere un casello e di accorgermi solo quando mi avvicino per pagare che alla cassa di quello a fianco c'è una donna mentre al mio un uomo. Ecco. Lì sento che un po' mi dispiace. Avrei preferito andare all'altro.

Oppure, quando sorpasso una macchina butto sempre dentro un'occhiata, soprattutto se è una Smart o una Y.

Dallo studio di Giovanni è uscita una signora, la ragazza si è alzata, si sono salutati tutti tra battute e complimenti, e poi lui mi ha fatto accomodare.

«Non ti senti bene?» mi ha chiesto.

«Sì, sì, tutto a posto. È solo che è un po' che non faccio degli esami... ho pensato... insomma, così perché è giusto farli ogni tanto... no?»

Nemmeno a lui ho avuto il coraggio di dire cosa mi aveva spinto lì.

Cosa potevo dire: "Sai, Giovanni, ho interpretato un sogno con mia nonna che nemmeno si è accorta che ho comprato il frigo nuovo e ho pensato che forse devo morire. A proposito... il frigo è quello blu"...

Gli ho raccontato le mie ansie notturne e le mie paure. Dalla faccia sembrava sapesse di cosa stavo parlando. Forse non conoscendo il vero motivo, quello della nonna, ha pensato che dovessi rivolgermi a un analista piuttosto che a un medico. Ma non mi ha detto nulla. Quando gli ho chiesto una TAC mi ha risposto che stavo esagerando e che non è una cosa che si fa così facilmente. Quindi niente TAC ma aspettiamo l'esito degli esami. Che peccato. L'avrei ordinata anche al bar. "... Lei un caffè... e lei?" "... Io una TAC, grazie."

Giovanni mi ha visitato. Poi, mentre scriveva delle cose su un pezzo di carta, senza nemmeno alzare la testa e interrompersi mi ha chiesto: «Allora... a parte aspettare l'esito delle analisi, come stai? Stai bene? Sei felice?».

Domanda per cui ho sempre avuto una risposta standard, campionata: "Sì, insomma, non so se sono felice, comunque sto bene, tranquillo, non mi lamento". Una di quelle risposte che non vogliono dire niente, automatiche, come quando incontri qualcuno durante la giornata che ti chiede: «Ciao, come va?». E tu: «Bene, grazie. E tu?».

Non so se è stato per il fatto che con Giovanni avevo una certa confidenza, non so se era forse il momento giusto, ma quella volta ho risposto: «Non credo... non credo di essere felice».

Appena l'ho detto, da una parte mi sono sentito sollevato da un peso, dall'altra mi è venuto come da piangere. Ma non ho pianto. Anche se da tempo sognavo uno di quei bei pianti gonfi che si fanno da piccoli, quelli che poi quando smetti ti addormenti esausto, sfinito, svuotato. E quando ti risvegli senti gli uccellini.

Non riuscivo a piangere. E questo non lo sopportavo. La mia ritrovata sincerità di fronte a Giovanni mi rendeva fragile e un po' imbarazzato, così per sdrammatizzare e uscire da quella situazione ho aggiunto: «Non hai delle pastiglie per la felicità?».

Lui ha risposto ironicamente di sì, e io ne ho ordinate due scatole.

Sono uscito dal suo studio. Dovevo tornare qualche giorno dopo con l'esito degli esami.

Sapevo di non essere felice, diciamo che mi ero dichiarato, e questo mi rovinava i piani, rovinava la mia tranquillità, il mio controllo su tutto. Per anni avevo fatto un lavoro di altissima precisione. Avevo tagliato tutti quei rami che non riuscivo a dominare e che potevano procurarmi dolore.

Quanta forza mi toglieva il voler controllare tutto nella vita. Come nei cartoni animati quando il topo fa cadere i piatti dalla credenza e il gatto li blocca tutti facendo cose impossibili.

Nulla doveva sfuggirmi. E questo in ogni situazione. Ero arrivato addirittura al punto che non potevo sedermi in un locale o in pizzeria con la schiena rivolta verso la porta. Dovevo vedere il movimento, dovevo sapere chi entrava e chi usciva. Doveva essere tenuto tutto sotto controllo.

In quei giorni, aspettando l'esito delle analisi, ero molto ansioso e agitato. Mi ripetevo nella mente: "Forse il motivo per cui non sono felice è che dentro di me so già che sono malato".

E allora giù paranoie a fiumi. Pensavo di avere tutte le peggiori malattie del mondo. Anche solo un piccolo dolorino di un secondo alla testa era sufficiente per farmi pensare a un tumore.

Che vita!

"Forse ho un tumore ai polmoni, dovrei smettere di farmi le canne e di fumare le sigarette. Anzi, smettere di fumare le sigarette, ma ogni tanto una canna..."

I giorni passavano e facevo l'inventario di tutte le malattie che potevo avere. Mi immaginavo i commenti e le frasi di quelli che ne avrebbero poi parlato.

"Era così un bravo ragazzo... pensa, è andato dal dottore a fare una visita di controllo e ha scoperto che aveva..."

Chissà, cosa avrò?

"Ma lo sai perché è andato dal dottore... incredibile... si era sognato sua nonna che gli diceva che doveva morire."

Perché chiaramente dentro di me pensavo: "Se scopro che devo morire dico a tutti del sogno di mia nonna, così non sembrerò uno stupido che ha avuto paura, anzi, dicendolo a tutti me ne andrò, lascerò questo mondo da veggente e sensitivo, uno con dei poteri paranormali, mica un pirla qualunque".

Tutto quel discorso mi faceva quasi provare orgoglio.

"Così giovane... con tutti quei delinquenti che ci sono in giro... a quelli non succede mai niente, poverino, pensa, aveva anche appena comprato il frigo nuovo. Blu."

Chissà quanta sofferenza per i miei genitori. Per mia sorella. Facevo anche una specie di lista, di classifica di chi avrebbe sofferto di più dopo la mia famiglia.

Avrei voluto vedere un sacco di donne al mio funerale confidarsi quanto ero stato grande nell'amarle, come nel film *L'uomo che amava le donne* di François Truffaut. Sentire parlare di me in quel modo così unico, quel modo in cui si parla solamente di chi non c'è più. Per sentir parlare così bene di sé bisogna morire. Pazzesco.

Non ho mai capito perché ci sia più rispetto per i morti che per i vivi.

Alla fine quel giorno era arrivato. Il giorno dell'esito.

La scena me la ricordo ancora come se fosse stato ieri.

Entrato nello studio, ho cercato subito di scorgere qualche smorfia di espressione sul viso di Giovanni.

Qualche: "È grave".

Comunque, non dimentichiamoci che io ero andato lì perché avevo paura di morire. È allora che ho pronunciato quelle parole: «Cos'è, una malattia grave? Inguaribile? Insomma, che cos'ho? Dimmelo, non tenermi nascosto niente. Devo fare una TAC?».

Giovanni mi ha guardato e mi ha detto: «Posso parlarti liberamente, intendo dire, posso prendermi anche delle confidenze?».

«Certo, ma... perché, c'è qualcosa di grave?»

«Credo di aver trovato il motivo delle tue ansie e della tua infelicità.»

«Che malattia è?»

«Ma no, che malattia, non ti preoccupare. Non hai niente, e non devi fare nessuna TAC. Stai tranquillo, Checco, fisicamente sei sano come un pesce. Dagli esami risulta che va tutto bene. Sei sanissimo, ma non vuol dire che tu non abbia problemi. Diciamo che non sono rilevabili da questi esami. Io ti sto parlando da amico.»

«Dimmi tutto Giovanni, non voglio che tu mi tenga lontano da niente. Non ti nascondo che in questi giorni ho pensato di avere qualcosa di brutto. Ho avuto perfino paura di morire, quindi credo di essere pronto a qualsiasi altro problema.»

«Ma che paura di morire? Il tuo problema è proprio l'opposto. Checco, il tuo problema non è aver paura di morire, ma aver paura di vivere. È il contrario. Hai quella maledettissima malattia molto diffusa del "NON VIVERE".

«Sei malato di non vita.

«Ti ricordi quando mi hai chiesto se avevo le pastiglie per la felicità? La pastiglia è la vita. Vivi, buttati, apriti, ascoltati. Le tue paure, le tue ansie sono dovute al fatto che tu esisti ma non vivi. Sei castrato nei sentimenti. Sei bloccato. Ti ricordi quella frase di Oscar Wilde? Diceva che vivere è la cosa più rara al mondo. La maggior parte della gente esiste, e nulla più.

«Quindi non ti preoccupare. Se lo diceva già ai suoi tempi... Comunque, scherzi a parte, io non voglio fare grandi discorsi sul vivere e sull'esistere. È tutto molto più semplice. Se vuoi essere felice, se vuoi essere libero, impara ad amare. Ad amare, e a lasciarti amare.

«La tua vita adesso è priva d'amore. Non ami il tuo lavoro, non ami una donna, non ami te stesso. Di conseguenza, non ami il mondo.»

2

Tentarmi non nuoce

Ricordo che sono uscito dall'ambulatorio un po' confuso. Nell'ascensore, mentre scendevo, mi sono guardato allo specchio e ho visto che dalle orecchie veniva fuori del fumo. Mi stava andando in fiamme il cervello.

Giovanni mi aveva sconvolto, mi aveva spiazzato.

Pensavo mi dicesse che dovevo morire e invece mi aveva detto che dovevo vivere. E che significava? Mi sono reso subito conto che nella vita non l'avevo mai saputo. Io non sapevo veramente cosa volesse dire vivere. E neppure come si facesse a vivere.

Al massimo sapevo come si faceva a morire.

Buttandosi dalla finestra, per esempio. Mi dicevo: "So che se mi butto dalla finestra muoio. Sfigato come sono, minimo casco sul camion che porta via il vetro, così prima di morire mi taglio anche un po' e soffro di più. Oppure posso spararmi, avvelenarmi, soffocarmi, posso aspettare un treno sui binari e cercare di fermarlo con la testa. Conosco un sacco di modi per morire, ma non per vivere".

Pazzesco. Pazzesco scoprire che sai come si muore, ma non come si vive.

Questa scoperta mi ha fatto sorridere.

Quel giorno è stato veramente particolare.

Uscendo dall'ambulatorio con il cervello che mi fumava per la frenetica attività, pensavo che forse non avevo capito bene. Non avevo capito cosa volesse dire Giovanni con quelle parole. In realtà, invece, avevo capito benissimo e quei miei pensieri erano l'ennesimo e, per fortuna, ultimo tentativo di far finta di niente. Di mettere lo sporco sotto il tappeto. Infatti non si trattava di capire, ma di riconoscere. Avevo riconosciuto quel mondo.

Nelle parole di Giovanni c'erano la conferma e la certezza di quello che vivevo da un po'.

Giovanni aveva fatto centro. Colpito. Colpito e affondato.

Giovanni non aveva detto niente di nuovo. Giovanni non mi aveva rivelato nulla che in fondo non sapessi già.

Aveva semplicemente portato tutto a galla.

Aveva acceso la luce di quella stanza, che tenevo spenta per non vedere.

Il problema era che da quel momento, anche se la rispegnevo, ormai avevo visto com'era arredata la stanza. Anche al buio sapevo cosa c'era dentro.

Non potevo più far finta di niente. Non potevo più tornare indietro senza cadere in un comportamento ridicolo o addirittura patetico. Era arrivato veramente il momento di analizzarsi un po'. Di seguire i consigli di Giovanni, di ascoltarsi, di porgere l'orecchio a quella voce. Di farsi delle domande, di provare a trovare delle risposte.

«È finito il tempo di aspettare Godot» mi aveva anche detto. Dovevo in qualche modo agire. Agire sulla mia vita.

Ma qual era la prima cosa da fare? Il primo passo? E poi, chi cazzo è 'sto Godot? Boh!

Mi sono rollato una canna.

Pensavo e ripensavo. Sono salito in macchina e ho iniziato a girare senza una meta precisa, avevo solo bisogno di riflettere e il movimento dell'auto mi aiutava. Il cervello mi andava a mille. Mi sentivo veramente acceso, come non lo ero stato da molto tempo. Qualcuno aveva soffiato sulla brace e il fuoco si era rianimato.

Avevo dentro una carica enorme, ma anche una sensazione di vergogna. Mi vergognavo di quella mia sensazione, perché mi sembrava di essere ridicolo. Una parte di me mi diceva che ero stupidamente eccitato e che sarebbe stato solo uno sporadico entusiasmo e alla fine non sarebbe cambiato nulla.

Ma quel giorno ormai andavo a mille. Elaboravo e sfornavo continuamente pensieri. Avevo scoperto che sapevo come morire ma non come vivere. Era già un bel punto di partenza.

Dentro di me ho sentito come un clacson che mi avvisava della scoperta.

Non era dentro di me, era la macchina dietro che mi suonava perché il semaforo era diventato verde. Vabbe'.

Ho deciso di tornare finalmente a casa, anche perché ero in riserva e non avevo voglia di fermarmi a fare benzina. In più, quella canna che avevo fumato mi aveva bloccato la salivazione. Azzerata. Al posto della lingua avevo una gomma per cancellare. Una Pelikan. Anche nel colore. Metà blu e metà rossa. Avevo bisogno di bere.

Che giornata. Che giornata intensa.

Chiaramente quella sera volevo starmene a casa. Avevo voglia di dedicarmi del tempo. Una serata tutta mia. Pensare alla mia vita, capire dove avevo sbagliato, ma soprattutto dove l'avevo lasciata. Se non avevo più una vita, come mi aveva detto Giovanni, significava che da qualche parte, prima o poi, l'avevo pur abbandonata.

Cercavo di immaginare dove l'avevo lasciata. Magari era seduta in qualche angolo che mi aspettava. L'avrei rincontrata e le avrei detto: "Ciao, come va? Tutto bene? Sono stato via molto? Mi sa che hai ragione, scusa. Vabbe', adesso andiamo".

Mi sono messo lì in silenzio a pensare, cercando di ascoltarla, cercando di scoprire quella vocina di cui molti parlano, quel famoso bambino che c'è in te. Sentivo il rumore del frigorifero, qualche macchina passare, qualche ticchettio da fonti sconosciute. Ma voci, niente. Giusto un borbottio dello stomaco.

Ho pensato che forse dovevo fare un po' di meditazione, o farmi una pasta, che era meglio. Anche perché, a meditare, non sapevo nemmeno da che parte cominciare.

Non erano cose per me. Cosa c'entravo io con la meditazione? Mi veniva da ridere solo all'idea.

Pensare, meditare.

"Che differenza c'è tra pensare e meditare?" mi chiedevo.

Mi avevano detto che per meditare devi non pensare.

Non pensare? Forse non pensare alla pasta sarebbe stata già una buona cosa.

Avevo sentito parlare spesso di gente che meditava, che faceva yoga, ma in pratica non ne sapevo niente. Non c'ho mai creduto molto a quelle cose lì.

Nel tentativo di mettermi nella posizione in cui avevo sempre visto quelli che meditavano, la posizione del loto, sono quasi riuscito a rompermi una gamba; io, al massimo, potevo fare la posizione del lotto. Seduto a dare i numeri. Ho provato. Un piede riuscivo anche ad appoggiarlo sul ginocchio opposto, ma l'altro era impossibile. Non ci sarei arrivato nemmeno con un allenamento. Era proprio impossibile per le mie gambe. Avevo una struttura che mi impediva la meditazione. Fisicamente destinato alla superficialità.

Ho rinunciato quindi a quella posizione prima di dover intervenire con un antidolorifico e mi sono messo seduto comodo. Gambe incrociate... e ho iniziato.

"Devo non pensare, devo non pensare, devo non pensare ommm... ommmm... ommmm... Come si fa a non pensare? È impossibile, sto pensando di non pensare, quindi penso... zitto... Concentrati omm omm e poi se mi vedessero i miei amici in questo momento mi prenderebbero per il culo fino alla vecchiaia... Non devo pensare ai miei amici che mi sfottono... Su, concentrati... ommmm... ommmm... Devo non pensare, devo non pensare, cacchio, non ho chiamato Paola e ora? Shh... shh... zitto... Non pensare a Paola adesso, ascolta la tua voce interna, ascolta il bambino che c'è in te... Non pensare ommmm ommmmm, mi fa un po' male la schiena... Zitto non lamentarti... Non è che mi lamento ma come faccio a concentrarmi se ho uno stiletto nella spina dorsale? Ommmm ommmmm respira profondo, respira profondo...

Ommm ommm certo che l'altra sera abbiamo fatto l'amore da dio, magari più tardi la chiamo... allora! Vuoi smetterla di distrarti, non pensare all'altra sera quando avete fatto l'amore da dio... Cacchio, avevo le lenzuola della Bassetti con le piante disegnate e quando abbiamo finito erano cadute tutte le foglie, c'avevo pure un ramo nel... SMETTILA! Non devi pensare a niente, soprattutto a quelle cose sconce, ascolta il bambino dentro di te... ommmm ommmm. Mi sa che il bambino dentro di me è caduto dal seggiolone e non parlerà per un po'... Dài, cacchio, smettila di fare il pirla... concentrati omm... omm. Vabbe', dài, lascia stare, non è per te 'sta roba. Come ti metti lì per non pensare ti viene in mente tutto, anche cose sessuali. Fra l'altro, pensando a quello che hai fatto l'altra sera con Paola ti è pure venuta un'erezione, e non credo che l'antenna serva."

Ho abbandonato subito il tentativo. Sicuramente perché non ero convinto. Mi sono seduto sul divano e ho aperto una birra. "Cacchio, era l'ultima." Devo non pensarci.

Mi sono tornate alla mente le parole di Giovanni: "Sei malato di non vita. Hai paura di vivere".

Dopo un po' che stavo lì in silenzio a esaminare i miei comportamenti, ho pensato che era vero. Vivevo nella paura. E vivere nella paura è sempre stata la condizione di chi è sottomesso.

Paura del domani. Paura di non essere pronto. Di non essere all'altezza. Forse uno degli errori più grandi che facevo era quello di prepararmi al peggio.

Era la paura di non essere in grado di reggere una situazione brutta, la paura di perdere il controllo, o di trovarmi spiazzato e soffrire troppo, che mi portava ad allenarmi costantemente al pensiero di una catastrofe in arrivo. Per quello mi concentravo su cose brutte che potevano succedere. Qualche disgrazia, qualche tragedia. Io alla fine non dovevo trovarmi impreparato. Costruivo delle barriere, delle difese, dei cuscinetti per attutire l'eventuale botta, l'eventuale scontro con la realtà. Ecco perché alla domanda: «Sei felice?» rispondevo: «Non lo so, ma non mi lamento». Perché, visto che mi aspettavo sempre la catastrofe, il fatto che non fosse ancora successa doveva rendermi felice. Quindi per me il significato della parola felicità era: *mancanza di dolore.*

«Non mi lamento» lo dicevo anche un po' per scaramanzia. Quasi per arruffianarmi quell'entità che decideva. Dio, il destino, la sfortuna ecc. Come gli ebrei attendono il Messia, io aspettavo la tragedia. E mentre mi concentravo sul male, probabilmente il bene, il meglio, il bello mi passavano a fianco e io non me ne accorgevo. Ero troppo concentrato sul peggio, sul male, sul brutto.

E anche se la vita mi regalava una cosa bella, io non la sapevo gestire, non ero pronto e mi faceva paura. Non ero capace di stare bene fino in fondo. Non ero in grado di gioire. Quando succedeva qualcosa di bello, la mia gioia, i miei festeggiamenti erano sempre sotto tono. Perché ho sempre avuto paura che come avessi alzato le braccia in segno di vittoria, minimo un fulmine mi avrebbe colpito. Che come avessi in qualche modo gioito o esternato la mia felicità, subito sarei stato punito.

Infatti, una delle cose che mi hanno sempre angosciato guardando la televisione erano i ciclisti che a qualche metro dall'arrivo alzavano le braccia. Io da casa mi sono sempre agitato. Pensavo subito che non avendo le mani sul manubrio sarebbero potuti cadere o addirittura essere sorpassati. Così come quei motociclisti che tagliavano il traguardo impennando.

Avrei voluto gridare dal mio divano: "Aspettaaaaaaa, stai attentoooo!".

Quindi nella vita mi mettevo lì e mi massacravo di ipotesi devastanti per allenare la mia resistenza al dolore, per non trovarmi un giorno con uno sconosciuto più forte di me. Abituarmi a conoscerlo, viverlo, e magari sopportarlo.

Come quando ero più piccolo e uscivo con le prime fidanzatine. Capitava che invece di passare una bella giornata con lei, al posto di dirle delle cose carine, spendevo il mio tempo a romperle le scatole chiedendole cosa aveva fatto, dov'era andata, se era stata con qualcuno ecc. Facevo il geloso e alla fine rovinavo tutto. Focalizzavo la mia attenzione sulle cose brutte per esorcizzarle, volevo avere delle certezze sulla loro onestà e fedeltà. Volevo essere sicuro che fossero fedeli. Mi preoccupavo di più che fossero fedeli che non che fossero felici. Ci ho messo un po' a capire che è più importante che una donna sia felice che fedele. Perché una donna felice non tradisce. Una donna felice è sempre fedele. Non ha bisogno di nient'altro. Questo vale anche per l'uomo, ma per lui è più difficile perché deve lottare con l'impulso alla salvaguardia della specie. Alla base c'è sempre, negli esseri umani come negli animali, l'istinto alla salvaguardia della specie. Una donna, se anche avesse cento uomini in un anno, potrebbe avere comunque solamente un figlio. Quindi con un uomo il suo istinto è placato. Ma un uomo con cento donne potrebbe avere cento figli, quindi il suo istinto non si placa mai.

Con questo non voglio dire che l'uomo non sia fedele. Parlo di istinto. Fortunatamente l'uomo non è solo un animale. Comunque io, con il mio stupido modo di fare, rovinavo tutto. Diventavo simbolicamente come Dio e Adamo insieme. Mi cacciavo da solo dal Paradiso.

Questo atteggiamento d'attesa del peggio fra l'altro non è mai servito a niente. Non si è mai preparati abbastanza alle cattive notizie e pensarci non serve a nulla.

Avevo finito la birra e, nello stesso istante in cui mi sono alzato per prendere una liquirizia, è suonato il citofono. Come se lo avessi suonato io alzandomi. Coincidenze.

Era Luca, il mio migliore amico. Lo conosco da più di vent'anni. Eravamo compagni di classe alle medie, e da allora siamo cresciuti insieme. Stava urlando nel citofono che dovevo assolutamente scendere e uscire a bere qualcosa. Era in macchina con due ragazze e non potevo mollarlo, così mi ha detto. Ha aggiunto anche che erano due ore che cercava di chiamarmi, che ero una merda ad aver staccato il telefono e che tanto lui mi avrebbe raggiunto in capo al mondo, quindi: «Scendi, stronzo, o salgo io a prenderti».

«Non vengo. Se ho spento il telefono, un motivo ci sarà, non mi rompere. Voglio stare a casa tranquillo da solo a pensare ai fatti miei.»

Era come parlare al muro. Luca insisteva. Non è mai stato uno che molla subito.

«Ti ho detto che non scendo neanche se m'ammazzi!»

Cinque minuti dopo ero seduto sul sedile posteriore della sua macchina, con una certa Giada. Davanti, lui con Dalila. Tutti i miei buoni propositi, le mie sane intenzioni erano stati annientati da uno squillo di citofono. E da Luca.

Quando c'è di mezzo lui o qualche ragazza dovrei farmi legare a un palo come Ulisse con le sirene.

Nella mia vita è sempre stato così. Più ero deciso a non farmi tentare, più forti si presentavano le tentazioni. Decidevo di essere fedele? Da quel momento mi capitavano delle situazioni impensabili con delle donne da copertina che di sesso ne volevano a pacchi. Si scatenavano le peggiori.

Decidevo di mettermi a dieta? Mia mamma cucinava delle cose che non faceva da anni. Lasagne, sughi, dolci.

Quella sera ce ne siamo andati in un locale a bere. Non ero proprio di compagnia, ma insomma due parole le ho dette. Avevo accettato anche perché Luca in quei giorni stava aspettando una risposta dal suo capo. Lavorava per una ditta di import-export e forse doveva trasferirsi in Indonesia per aprire una nuova filiale. Quindi c'era il rischio che per due o tre anni se ne andasse via, almeno finché non si fosse avviato bene tutto. Speriamo gli dicano di no. Cazzo, lui è il mio migliore amico. Lui è il nastro dove io ho registrato i miei filmati migliori. I più importanti. I più belli.

Quella sera nel locale mi veniva in mente Giovanni e le sue parole stridevano con tutto quello che avevo intorno. Sarei voluto tornare a casa. Non che Giada non mi piacesse, era anche molto simpatica, il problema quella sera ero chiaramente io.

Mi capitò anche una cosa strana. Vedevo certe persone ridere ma, invece di vederle felici, avevo la sensazione che ridessero dalla disperazione. Mi sembrava che il pezzo finale delle loro risa svelasse un'intima consapevolezza di miseria. Disperazione. Angoscia. Ma era una sensazione che avevo io e che proiettavo sugli altri. Loro erano solamente specchi. È durata un istante quella sensazione, poi ho cercato di distrarmi.

Ero un po' infastidito ma nessuno lo ha notato. Era tutto un fatto interiore. Dentro di me. Ma ogni piccola cosa che non mi piaceva, quella sera si amplificava. Ad esempio, mentre fumavo una sigaretta Luca me l'ha presa dalle mani e mi ha detto di lasciargli fare due tiri. Quanto mi innervosiva. Avrei preferito dargliene una nuova tutta per lui. Odiavo quando faceva così. A parte che poi me la ridava tutta bagnata e più calda, ma a me dava fastidio perché me la stavo fumando io. Questo lo può capire solo chi fuma e ama farlo.

Dopo un po' Luca e Dalila sono spariti e lì ho capito quale era il mio ruolo. Intrattenere l'amica. Ecco il piano. Probabilmente Dalila si era portata Giada e Luca, trovandosi spiazzato senza nessuna intenzione di rinunciare al suo progetto, era venuto a scassare le scatole a me e a convincermi a uscire. Ho capito che avevo fatto bene ad accettare subito l'invito, tanto con una motivazione del genere Luca non avrebbe mollato il colpo nemmeno con un dobermann attaccato ai boxer.

Abbiamo provato a chiamarli, ma entrambi avevano il cellulare staccato. Sicuramente erano attaccati loro. Abbiamo capito la situazione e dopo una mezzoretta circa abbiamo deciso di andarcene.

«Prendiamo un taxi, passiamo da casa tua, ti lascio giù, poi io proseguo per casa mia, ok?» le ho detto.

Abbiamo chiamato un taxi: Bari 2 in cinque minuti. Sul taxi mi ha detto che se non avevo voglia di tornare a casa potevo salire da lei. Io avevo voglia di andare a casa a pensare alle mie cose, ma ho pensato che potevo comunque farlo il giorno dopo. La grande trappola del domani mi aveva fatto ancora prigioniero. Quante volte c'ero cascato. Domani farò, domani sarò, domani cambierò, domani dirò... domani, domani, domani. E di domani in domani mi sono trovato alla mia età. Sembrava ieri che sognavo i diciotto anni per fare la patente. Dopo un attimo erano già venticinque. E i venti, i ventuno? Io non me li ricordo. Quante promesse mi facevo da sempre e poi non le mantenevo mai. Addirittura mi ricordo di una volta che dopo aver fumato un cannone gigante mi sono venute le ansie e stavo collassando. Mentre stavo male e giravo per casa spaventato e sudato, mi ripetevo che se non mi fosse successo niente di grave e avessi superato quel momento non avrei più fumato. "Basta. Basta con queste cazzo di canne. Dio, se mi aiuti questa sera non fumerò mai più."

Dio mi aveva aiutato ma io il giorno dopo ho continuato. Nemmeno con quello spavento ho mantenuto la promessa.

Comunque, coscientemente intrappolato nelle promesse del domani, ho accettato l'invito di Giada. Tanto a meditare ci avevo già provato e non era stato un granché.

Davanti al portone di casa sua, lei ha pensato fosse importante dirmi prima di salire: «Ti ho chiesto di salire ma... questo non vuol dire che... cioè nel senso... non farti idee strane».

Quando sono entrato in casa sua un ciuffo di peli bianchi mi è venuto ad annusare. Lei lo chiamava... non mi ricordo, era... era un nome gerundio, tipo: Orlando, Armando, Rolando, Fernando. Fernando... sì, ora ricordo. Aveva chiamato Fernando il suo cane. Un nome da uomo per un cane mi suonava strano. Ho pensato che magari Giada era una di quelle che amano più il proprio cane delle persone. Quelle che usano frasi tipo: "I veri animali sono gli uomini". Oppure: "Più conosco le persone più amo le bestie".

Comunque, io, da uomo di merda che sono, cercavo di essere gentile e affettuoso con il cane, pensando che se fossi piaciuto a lui sarebbe stato molto più facile con lei. Non ero partito con l'idea di provarci, ma visto che ero lì... Perché no?

Quindi, falsamente e ipocritamente, ho fatto il supersimpatico con la bestiolina. Coccole, carezze, rumori con la bocca. Lui sembrava contento. A un certo punto il cane si è presentato con un pupazzetto fra i denti e lo ha fatto cadere proprio davanti ai miei piedi. Io lo lanciavo in fondo alla stanza e lui me lo riportava. Che simpatico. Una volta, due volte, tre, dieci... che simpatico. Ma non si stanca mai 'sto cazzo di cagnolino? Che simpaticane. Mi sono ritrovato pieno di peli sul maglione e sui pantaloni, ma ho detto che non era importante, «Sono solo peli, che c'è di male?». In realtà li odiavo i peli e sinceramente mi ero anche già stufato di giocare con il cane. Ma lei era in cucina a preparare da bere e riusciva a vederci.

Fra l'altro, secondo me Fernando, come cane, era anche brutto.

«È veramente bello il tuo cane... posso venire a giocarci ogni tanto?» le ho gridato. Che bella persona che sono.

Quando mi ha detto che non era così affettuoso con tutti, ho pensato che forse potevo mettere un due in schedina. Vittoria in trasferta. E vai di pupazzetto: lanci una volta, e due, e tre, e dieci.

Io vado pazzo per i cani.

In quel periodo parlavo per convenienza: non dicevo ciò che pensavo, ma quello che la gente voleva sentire.

Dopo circa mezzoretta io e Giada ci stavamo baciando. La mettevo sul tavolo e poi la toglievo, poi la rimettevo e poi la ritoglievo. Sembrava un timbro.

Mentre la baciavo facevo scorrere la mano sul bordo della gonna per capire dov'era la cerniera. A volte è di lato, a volte dietro. Trovata. Era di lato. L'ho aperta, poi ho slacciato il bottone. La gonna le è caduta ai piedi. Con due passi lei ne è uscita. Aveva le autoreggenti. Era tanto che non mi capitava di vederle. Mi sono sbottonato la camicia, le ho sfilato la maglietta e con una mano le ho slacciato il reggiseno. Con una mano. Era di quelli meravigliosi con la chiusura di plastica che basta mettere un dito dietro e, tic, si slacciano subito. Non era di quelli tremendi con i gancetti che magari riesci a sganciarne solamente uno e l'altro si prende tutta la tensione e non riesci più ad aprirlo e dallo sforzo le dita ti diventano dei würstel. Comunque sia, anche se era di quelli facili, ci si sente sempre un po' fighi lo stesso quando si slaccia subito. Non eravamo più in cucina. Andavamo verso la camera seminando vestiti per tutta la casa. Adesso eravamo nel corridoio. Lei era nuda, con le autoreggenti. Ha fatto il gesto di togliersele, ma io l'ho bloccata. Era contro il muro bianco. Con la carnagione chiara, il nero delle calze e della sua intimità risaltavano di più. In più lei aveva la patata anni Ottanta, quelle di una volta, con tanti peli che formano un triangolo. Non come quelle di adesso che sono tutte curate e depilate. Che del triangolo non hanno più niente. Quella di Giada era come le prime che avevo visto. Come quella che aveva mia zia quando l'avevo sbirciata dalla serratura del bagno. Di quelle che gonfiano le mutande quasi come il pacco di un uomo.

Mi sono inginocchiato, le ho aperto un po' le gambe e ho cominciato a baciarla. Mi ha appoggiato le mani sulla testa e mi ha afferrato i capelli. Poi mi sono alzato, l'ho baciata e l'ho presa in braccio. Io ero in pantaloni a piedi nudi. Non riesco a togliere i jeans prima delle calze. Mi imbarazza rimanere nudo con le calze. Nudo e basta no, neanche in piazza del Duomo, ma nudo con le calze sì.

L'ho appoggiata sul letto nel modo più delicato che mi è riuscito, ma era ancora molto lontano dal potersi chiamare "delicato". Forse perché il letto era troppo basso. Quel piccolo sforzo mi aveva fatto venire anche un po' di fiatone. Che non si sarebbe nemmeno notato se non fosse stato per i baci. Dopo un po' di strofinamenti, mi ha detto che doveva andare in bagno. Mi è capitato spesso che le donne a un certo punto, quando tu sei già pronto per "buttare la pasta", dicano che devono andare in bagno. Chissà se fanno tutte la stessa cosa. Chissà se fanno la pipì o se invece si danno una rinfrescatina, una passata con il rasoio sulle gambe, assorbenti, la schedina. Boh! Sono rimasto lì solo sul letto a guardarmi attorno. Qualche foto di lei al mare, qualche libro, il televisore piccolo con il videoregistratore incorporato, una cassetta probabilmente da riconsegnare. Tutto normale. Mi sono sfilato i pantaloni, li ho buttati per terra vicino al letto dalla mia parte e ho lasciato che la tasca con dentro il preservativo rimanesse sopra, un po' sollevata, così da poterlo prendere velocemente. Non mi ero portato il preservativo perché speravo di fare l'amore, ce l'avevo in tasca da tempo. Ho sentito lo sciacquone in bagno e poco dopo è sbucata dalla porta. Baci bacini picci pocci e poi alé alé pronti per fare l'amore. Mentre provo a srotolarmi il preservativo sul pisello, mi accorgo però che l'ho messo al contrario, e non va giù: quindi lo giro. Quando mi succede ho sempre la paranoia che, avendolo appoggiato di là, si sia sporcato con qualche gocciolina del mio pisello e che per questo diventi pericoloso, ma lo pulisco e mi infilo dentro di lei. A un certo punto, mentre lo stavamo facendo, l'ho guardata bene. Aveva gli occhi chiusi. Osservavo la sua faccia e le espressioni dolci di piacere. Mi sono venute in mente le parole di Giovanni e anche la frase che mi aveva detto lei giù al portone: "Ti ho chiesto di salire ma... questo non vuol dire che... cioè nel senso... non farti idee strane". Fortuna che io non me le ero fatte le idee strane... mi ero fatto quella giusta.

C'era una cosa però che avevo notato e che mi dava fastidio ma non glielo avevo detto. Non sopportavo mentre facevamo l'amore di avere Fernando vicino che ci fissava con la lingua di fuori e ansimava come un ciclista sul passo dello Stelvio. Girava continuamente intorno al letto come fosse un arbitro a un incontro di lotta. Spuntava la testolina da una parte, poi spariva e rispuntava dall'altra. Come in un attacco apache.

«Scusa, non puoi dirgli di andare di là? E se sale sul letto?»

«Non sale sul letto e poi mica capisce.»

«Capisce, capisce.» E poi non lo dicevo per il cane, lo dicevo per me. A me infastidiva un casino. Un conto erano gli ansimi di Giada, un conto il cane che mi alitava sul sedere.

A un certo punto mi è uscito un piede dal letto e Fernando prontamente me lo ha leccato. Ho fatto uno scatto talmente rapido che Giada ha dato una capocciata contro il muro. «Scusa, Giada, è che Ferny mi ha leccato un piede.»

«Come hai detto che mi chiamo? Giada?»

Al momento mi sono spaventato, ho pensato di aver sbagliato nome, invece aveva fatto la battuta per la testata fingendo di aver perso la memoria. Era veramente simpatica. Ha sgridato il cane il quale finalmente se ne è andato di là.

Dopo un secondo, però, l'ho visto tornare tutto saltellante con il pupazzetto in bocca. Lei ha riso e io... anche. Che dovevo fare? Mica potevo confessarle che lo avrei mangiato con le patate. Ormai praticamente lo odiavo, ma ho detto: «È veramente simpatico il FERNANDO».

«Sì, ogni tanto rompe, però.»

«Ma dài» le ho risposto.

«Fernando, adesso basta, stai giù.» E il cane si è sdraiato.

Poesia nell'aria non ce n'era più. Tutto è diventato automatico... come la perdita della mia erezione. Mi sono tolto il preservativo.

Porcocane, porco-cane! Giada ha capito che la situazione aveva bisogno del suo intervento. Ha cacciato il cane di là e ha chiuso la porta. Poi ha cominciato a baciarmi. A baciarmi lì. Io mi sono rilassato, poi ho cercato di scostarle i capelli per vedere bene. Per essere come un abbonato in prima fila. Mi sono spostato un po' in fuori e ho notato il riflesso dell'abat-jour sul televisore spento. Ho cercato di capire se si poteva vedere qualcosa di noi come in uno specchio, ma era troppo buio e non si riusciva. Ho chiuso gli occhi e ho iniziato il mio viaggio. In sottofondo c'era il rumore delle zampette del cane che graffiavano la porta. Ho pensato che a forza di grattare avrebbe potuto fare un buco e rispuntare di qua. Ma conoscendo la durata media delle mie prestazioni sapevo che non correvo pericolo.

Comunque, quella volta sono arrivato fino in fondo. Quella volta sono sceso al capolinea. Alla faccia di Fernando.

Quando mi sono ripreso, sono andato in cucina a prendere

una bottiglia d'acqua e ho dato un piccolissimo calcetto alla simpatica bestiolina. Per ridere.

Percorrendo la strada fino al frigorifero ho visto i vestiti per terra. Ogni vestito che incontravo mi riportava alla mente l'immagine di quello che era successo. Rivedevo le scene. Era un rapporto sessuale all'indietro. Dalla fine all'inizio.

Sono rimasto ancora un po'. Abbiamo fumato un paio di sigarette e poi ho chiamato un taxi. Lei si è messa l'accappatoio e mi ha accompagnato alla porta. Ci siamo baciati e poi l'ho abbracciata forte. Di solito, quando sono a casa mia e accompagno una donna alla porta, lo faccio nudo, quindi quando la abbraccio, tengo il bacino indietro perché dopo aver fatto l'amore il mio pisello sui cappotti macchia... Quella sera ero io a essere vestito, perciò potevo abbracciare tranquillamente. Niente segni di Zorro con lo spadino.

Sono salito sul taxi, ma non mi sono fatto lasciare sotto casa. Sono sceso qualche isolato prima. Avevo voglia di fumarmi una sigaretta all'aperto e pensare un po'. Camminare mi ha sempre aiutato. Le gambe diventano come la dinamo che gira sulla ruota della bici e mi illuminano il pensiero.

Volevo pensare ancora o, meglio, pensare finalmente a quello che mi aveva detto Giovanni.

Non dovevo farmi più distrarre da niente e da nessuno. Dovevo imparare a dire NO agli altri e concentrarmi un po' su me stesso.

Aveva ragione lui, la mia vita in quel momento era priva d'amore. Non c'era amore per me stesso, amore per una donna, amore per il lavoro, amore per la vita. Correvo e arrancavo da anni alla ricerca di un po' di felicità, ma in realtà continuavo a inseguire il piacere. Avevo sempre confuso le due cose. Felicità e piacere.

Quella sera ero molto stanco ma non riuscivo ad andare a dormire. Storie come quella che avevo appena vissuto con Giada mi erano capitate spesso, e probabilmente mi ero anche un po' stufato. Avevo avuto rapporti sessuali di una notte, avevo fatto l'amore negli sgabuzzini in avventure clandestine con colleghe di lavoro. Avevo vissuto tutto ciò che potevo vivere. A volte i miei rapporti sessuali finivano con il rumore di teneri baci, altre con quello della fibbia della cintura che picchiava sul pavimento, mentre andavo in bagno a ripulirmi. Camminando come un pinguino.

Nonostante la giovane età, mi ero già preso anche delle soddisfazioni con la categoria "donne secondo turno". Una delle mie preferite. Le "donne secondo turno" erano quelle che intorno ai venti-venticinque anni si erano sposate e, credendo fortemente nella loro scelta, si erano tolte dal mercato. Ecco, molte verso i trenta si erano separate. Le avevo viste entrare con entusiasmo nella grande avventura del matrimonio e poi con lo stesso entusiasmo le avevo viste uscirne. Io, metaforicamente, ero rimasto sotto casa loro con il motorino acceso. Fazzoletto bianco e saluti. Ma non me ne ero andato. Semplicemente le avevo aspettate. La categoria "donne secondo turno" offriva donne con meno pretese, più disilluse e con la sensazione di aver perso qualcosa in quegli anni di matrimonio, come fossero state in gabbia. La parola d'ordine per loro era divertirsi. Fare tutto quello che non avevano fatto da sposate. Forse era questo il problema che le univa tutte. Vedere il matrimonio come sinonimo di noia, responsabilità, rinuncia, e non come complicità. Quindi nessuna di loro aveva voglia di rimettersi subito a imbastire un nuovo rapporto di coppia. In genere cercavano solo di stare bene, divertirsi e fare l'amore. E a me piaceva fare tutte e tre le cose.*

Forse quella sera ero riuscito veramente a capire che era arrivato il momento di cambiare qualcosa. E avrei voluto farlo subito.

Avrei voluto cambiare la mia vita immediatamente, totalmente, radicalmente.

Era qualcosa di più forte delle solite voglie di cambiamento.

* Fare solo attenzione a quelle con mariti ancora gelosi, o a quelle con cani o bambini. [*N.d.A.*]

Quelle che di solito sfogavo tagliandomi i capelli o con una nuova pettinatura. Più forte anche di quelle che stanno un gradino sopra il ritocco ai capelli, quelle cioè che mi spingono a progettare un nuovo tatuaggio. Quella sera avrei cambiato pelle, nome, faccia. Si può decidere di cambiare da un momento all'altro?

Esiste un anfibio che vive in certi posti del Messico che, a differenza di tutti gli altri animali, decide lui se e quando diventare grande. Mentre un girino si trasforma automaticamente in una rana, questo animaletto può scegliere di rimanere girino anche per tutta la vita. Si chiama axolotl. L'axolotl può addirittura fare cose da adulti, come riprodursi, ma senza crescere mai e scegliendo di vivere per sempre nel suo mondo immerso nell'acqua. Solamente in mancanza d'acqua per sopravvivere diventa salamandra. Ma in condizioni normali e non di emergenza rimane girino finché gli pare e piace.

Quella sera ero un axolotl che aveva deciso di uscire dall'acqua e di iniziare la metamorfosi: iniziare a crescere.

Avrei voluto buttare tutto dalla finestra, le mie cose, i miei vestiti, i mobili. Azzerare.

Avrei voluto tirare una riga e ricominciare veramente da capo. Ero pronto a salpare. Ma in quale direzione? Da dove potevo iniziare la mia nuova vita?

Forse era la mia solita reazione esagerata. Avevo sempre vissuto dei fuochi di paglia. Anche se quella sera nell'aria c'era una consapevolezza nuova. Una sensazione diversa. C'era davvero una presa di coscienza. Quella sera respiravo profondamente i miei pensieri e le mie emozioni.

Mi sono addormentato avvolto da quel profumo di rivoluzione. Nella speranza che la notte mi portasse consiglio.

3

Il giorno dopo

Il giorno dopo mi sono svegliato verso le due del pomeriggio.

Mi sono fatto una doccia. Che freddo che faceva. Quando ho preso l'accappatoio, aveva una manica che usciva da una parte e l'altra era alla rovescia. Che nervi quando è così. Piuttosto preferisco tutte e due alla rovescia perché posso metterlo al contrario, ma una di qua e una di là mi fanno perdere tempo e prendo freddo. Sono quelle piccole cose che condizionano il mio umore alla mattina. Sono andato in cucina e ho dato una cipollata alla sedia con il piede. La cipollata è quando infili la gamba della sedia tra l'alluce e il secondo dito del piede. Proprio lì nel mezzo. Cazzo che giornatina, avevo già capito tutto. Ho preparato il caffè e mentre veniva su ho caricato la lavatrice. L'ho fatta partire e tornando in camera per aprire la finestra mi sono accorto che c'erano delle magliette e delle calze da lavare. Che nervi quando faccio partire la lavatrice e poi trovo altre cose da lavare. Peggio ancora un calzino solamente. Mi tocca tenerli lì per il turno successivo. Ma chissà quando è il turno successivo.

Il caffè era pronto e l'ho bevuto guardando nel vuoto. Pensando a tutto. Alle cose che mi aveva detto Giovanni, alla mia consapevolezza, ma a quel punto, appena sveglio, non potevo sapere come stavo o cosa volevo fare. Mi sono acceso una sigaretta e sono andato in bagno.

Osservavo le piastrelle del pavimento e pensavo. L'unico

problema era che le piastrelle del mio bagno sono composte da tanti piccoli pezzi di pietra, e quindi nella disposizione casuale di macchie e schegge a volte si formano come delle facce. Spesso, quando sono lì seduto, cerco di riconoscere facce nuove. Ce ne sono di esseri umani e di animali. C'è il muso di un cavallo, di un leone, la faccia di Camillo Benso conte di Cavour. Ci sono anche due tette e un pisello con la punta un po' quadrata. Chissà che male.

Anche nel legno mi è capitato di trovare delle facce. E perfino nelle creste delle montagne a volte mi sembra di vedere il profilo di una persona sdraiata. Ero distratto dalle faccette. Quelle faccette con cui a volte in soste un po' lunghe avevo pure parlato. (A Camillo Benso un giorno ho confidato un segreto. Ma non vi posso dire quale.)

Quella mattina ero confuso. Ho deciso di lavare i piatti. Non ho mai voglia di farlo, però quando lo faccio poi mi piace. Vedere quei piatti e quelle padelle che prima erano sporchi di sugo e di unto diventare puliti mi dà la sensazione di essermi ripulito anch'io. Purtroppo, tra i piatti c'era anche lo spremiagrumi. E solamente chi ha avuto a che fare con uno spremiagrumi incrostato di arancia può capire la fatica che si fa per ripulirlo. Ci vorrebbero i petardi. Ho usato le unghie e mi sono anche fatto male. Eppure lo so che lo devo lavare subito.

Se dovessi scrivere un elenco di consigli per la casalinga, questo sarebbe fra i primi cinque. *Dopo aver fatto la spremuta risciacquare subito.*

Il lavandino si era svuotato e io ero fiero del mio lavoro. Adesso dovevo impegnarmi a tenere tutto pulito man mano che usavo le cose. Ma poi si sa che basta appoggiare il cucchiaino del caffè e quello è l'inizio della fine. Basta una piccola cosa ed è finita nel giro di poco. Non bisognerebbe mai dare il la.

Ecco un altro consiglio da mettere nell'elenco. *Lava man mano che sporchi.*

Mi sentivo sempre più confuso. Ho telefonato a Luca.

«Sei sveglio? Che fai?»
«Sto crescendo.»
«Cosa stai facendooo? ... non ho capito.»
«Sto leggendo. Passa di qua che ti aspetto.»

Sono arrivato a casa di Luca. Stava ancora crescendo. Leggeva: *Fine millennio istruzioni per l'uso,* di J.G. Ballard.

La sua casa era un disastro. Vestiti dappertutto, piatti sporchi, sacchetti della spazzatura che traboccavano di cartoni della pizza, lattine vuote di birra, portacenere pieni di mozziconi, sigarette spezzate, filtrini di cartone.

Il suo tavolo era pieno di cose. Ne spingevi una di un centimetro per far spazio e ne cadeva un'altra in fondo.

«Come fai a vivere così? Non che casa mia brilli, ma cacchio sembra che hai dato una festa.»

«Infatti festeggio la vita ogni giorno... ah ah ah, come è finita con Giada? Te la sei trombata? Dalila è andata via a mezzogiorno.»

«Si sarà fatta fare una vaccinazione dopo aver dormito qui. Siete sicuramente innamorati, si capiva subito ieri sera nel vedervi, balzava agli occhi.»

«Non fare lo spiritoso, amante dei cani, intanto è pazza di me... Del resto, come poteva resistermi? L'ho conquistata con la dolcezza ieri sera.»

«Conoscendoti... immagino che tu le abbia recitato delle poesie...»

«Non proprio... mi sono messo la Nutella sul pisello, ah ah ah ah!»

«E poi, perché "amante dei cani"?»

«Stamattina Giada ha chiamato Dalila quando era ancora qui. Lei le ha detto che sei molto carino, che sei uno dei pochi che hanno giocato così tanto con Bernardo e che è contenta che sei un amante dei cani. Le ho riso in faccia.»

«Fernando!»
«Cosa?»
«Fernando! Il cane si chiama Fernando, non Bernardo.»
«Be'! Mi sembra che facciano cagare tutti e due come nomi

per un cane, o no? Comunque, se vuoi ti presento una mia amica che in casa ha un pappagallo... o non sei un amante degli uccelli? Ah ah ah...»

Se n'è andato in bagno per farsi una doccia abbaiando e ridendo.

Rideva delle sue battute. Lo faceva spesso e io adoravo questa cosa di lui, perché spesso a ridere delle proprie battute ci si vergogna, svela un po' di narcisismo. Ma lui era sincero.

Tra le mille cose che aveva su un tavolino ho visto anche un Tamagochi.

«Cazzo ci fai con il Tamagochi? È pure senza pile.»

«Non è senza pile, sono semplicemente scariche, ma siccome è ateo non gliele cambio. Non credeva a una vita dopo la morte, così rimane lì.»

«Tu sei scemo. A volte mi chiedo se devo fare qualcosa per te, portarti da uno bravo a farti vedere... il Tamagochi ateo.»

«Ho fatto una figura di merda ieri sera...»

«Un'altra?»

«Mentre stavamo parlando le ho detto che non mi piacevano le donne con il seno rifatto. Lei non ha commentato, ma poi mi sono accorto che il suo lo era... Fra l'altro, mi sono anche un po' ricreduto... era fatto bene.»

Luca era in assoluto il re delle figure di merda. Nella sua vita ne avrà collezionate centinaia. Non le "grandi figure di merda". Quelle piccole per cui non sai cosa dire, talmente imbarazzanti da voler sprofondare. Potrei raccontarne talmente tante da scriverci un libro: *Luca e le figure di merda.*

Al matrimonio di Antonio, per esempio, mentre eravamo al buffet, nel vedere una ragazza dall'altra parte della stanza ha pensato bene di dare un giudizio: «Guarda quella che faccia da troia, con quelle labbra chissà che cosa fa. E poi come cazzo si è vestita?». Un signore alle nostre spalle gli ha risposto: «Senti, cretino, quella è mia figlia e ti insegno io l'educazione, coglione!».

Ci siamo nascosti nel piatto del purè.

Una volta, molti anni prima, a casa di Valentina, mentre

lei era andata in bagno, Luca si è buttato sul letto e ha simulato un rapporto sessuale con l'orsacchiotto. Ansimava e diceva: «Sì, dài, ancora, non smettere...». Mentre se lo faceva con passione e trasporto da dietro, è entrata nella stanza la mamma di Vale. Ma lui, che era di schiena, non se ne è accorto subito. Una scena che non dimenticherò mai: io seduto su una poltrona, davanti a me il mio migliore amico che tromba un orsacchiotto in un amplesso travolgente, dietro, in tutta la sua eleganza, la signora Carla, mamma di Valentina, membro del circolo cittadino di bridge. Quando Luca si è reso conto di quello che era accaduto, l'unico che è riuscito a parlare è stato l'orsacchiotto.

Nel corso della vita Luca mi ha regalato tanti di questi meravigliosi ricordi. Come potrei non essere fiero di essere il suo migliore amico!

Torniamo a noi. È uscito dalla doccia, si è vestito e siamo andati a fare un giro. Luca doveva passare a salutare una sua amica che fa la commessa in centro. Siamo entrati in un negozio di scarpe e lui ha salutato e baciato una ragazza bellissima, mora, capelli lisci fino al sedere. Nel senso che non è che dopo il sedere erano ricci, intendo dire che arrivavano fino al sedere. Punto. Non erano nemmeno tanto lunghi, visto che il culo era talmente bello e alto che sembrava uno zainetto.

Mi ricordo che era profumatissima e aveva le unghie lunghe. A me non piacciono molto le persone con tanto profumo, mi fanno venire il mal di testa. Ma lei era veramente bella. Me l'ha presentata. Aveva una vocina stridula che stonava con il suo aspetto. Si chiamava Vanessa. Si sono lasciati dicendosi che si sarebbero sentiti più tardi.

Luca aveva una marcia in più. Era quello che si dice una persona brillante. Arrivava in un posto e si conquistava la simpatia della gente in tre secondi. Magari tu era un'ora che cercavi di essere simpatico, lui arrivava e con due battute li aveva conquistati tutti. Era uno per cui le regole andavano cambiate. Lui aveva una legge sua e tu la accettavi. Era avvolto dal fascino. Era una vera potenza. Infatti, a differenza di me, lui la vita la divorava. La divorava veramente.

Da piccoli, quando andavamo in piscina insieme, io per entrarci scendevo piano piano dalla scaletta abituandomi un po' alla volta all'acqua. Lui, invece, si buttava dal bordo. Un salto ed era dentro tutto. Da grandi siamo entrati nella vita come da piccoli entravamo in piscina.

Quel pomeriggio, uscendo dal negozio Luca mi ha detto che Vanessa non era proprio un genio, ma comunque era simpatica, di animo buono, e quando faceva l'amore urlava e gridava delle cose che è venuta voglia anche a me di uscirci.

Mi ha detto: «Mi pianta quelle unghie nella schiena e poi quando finiamo di fare l'amore, siccome mi bruciano i graffi, mi passa tutta la schiena avanti e indietro con i suoi capelli morbidi. Una cosa da urlo.

«E poi con lei rido. Di nascosto ma rido. Riesce a dire di quelle cose... L'altra sera mi ha detto di non andare a prenderla fin sotto casa perché stanno facendo dei lavori e c'è tutta la strada dissetata. Oppure, quando l'ho conosciuta, mi ha detto parlando di una cosa: "Credimi, l'ho visto con le mie mani".»

Vanessa era fonte di divertimento sia per quello che diceva che per quello che faceva. Era soprannominata in zona "labbra tuonanti", per via di un suo talento.

Luca era pieno di donne. Mi chiedevo come facesse a gestirle tutte. Non l'ho mai visto due sere consecutive con la stessa ragazza. Quando lo incontravo con una, sapevo che poi non si sarebbe ripresentato con lei almeno per una settimana. Aveva il giro. Capitava anche di vederlo certe sere con dei cessi veri. Quando beveva, ad esempio, riusciva a rimorchiare delle donne talmente brutte che, se ne avessero parlato in una puntata di «Quark», nessuno si sarebbe stupito. Poi la mattina faceva lo spiritoso: «Era bella dentro... dentro un cassonetto! Ah ah ah!».

In quel periodo aveva appena smesso di uscire con una sposata. Si sentivano tutte le mattine mentre lei andava a lavorare e tutte le sere quando lei portava fuori il cane. Con la scusa del cane veramente a volte riuscivano anche a stare un po' insieme. Lui parcheggiava vicino alla casa di lei. E mentre il cane si faceva i fatti suoi, loro... anche. I loro incontri erano legati all'intestino del cane. A volte si baciavano, a volte riuscivano anche a fare l'amore e a volte, se passavi e guardavi in macchina, da fuori vedevi solo lui. Chissà se poi lei dava al marito il bacio della buona notte. Quante volte l'ho sentito dire: «W la pay-tv. W il calcio». Il marito non perdeva una partita.

Lei aveva un bambino, ed era l'unico motivo per cui stava ancora con il marito. Quel bambino era diventato il lucchetto della sua prigione. Chissà se una mamma può provare un sentimento negativo verso il proprio figlio. O se è impossibile.

Luca a volte mi raccontava delle storie a cui era difficile credere. Come quella di un tizio che tutti i mercoledì a una certa ora arrivava con la macchina vicino al parchetto. Scendeva con una borsa da palestra, tirava fuori tutto il completo da calcio, calzoncini, maglietta, scarpe, calze ecc., e cominciava a sporcarlo con la terra e nelle pozzanghere.

Quando me l'ha raccontato non ho mica capito perché. Io l'avrei semplicemente preso per un pazzo. Invece Luca aveva capito subito. Questo tizio, sicuramente sposato, andava dall'amante con la scusa della partitella di calcio con gli amici e poi, prima di tornare a casa, sistemava la borsa come se avesse giocato.

Il genio umano.

Luca aveva mille donne, ma una volta ha perso la testa per una. Persa veramente. Me lo ricorderò sempre. Non l'avevo mai visto così. È stata l'unica volta che è stato in difficoltà con una donna.

Federica. Una ragazza che a guardarla non le avresti dato due lire.

L'aveva girato come una cotoletta.

Metaforicamente gli aveva infilato un dito in bocca e uno nel sedere, e lo aveva fatto girare come un pollo allo spiedo. Cotto a fuoco lento.

Per lei Luca avrebbe mollato tutte e tutto. E lo aveva anche fatto. Ma siccome la sua fama di marpione era ormai nota, Federica non credeva a una sola parola di quello che lui le diceva. «Dici così a tutte, pensi che sia stupida?»

Lui impazziva. Ci teneva veramente, ma non aveva credibilità. La qual cosa lo mandava in bestia.

Mi faceva stare sotto casa in macchina per parlarmi di lei. «Cazzo, non si fida di me... Cosa devo fare per fargliel o capire?»

Finalmente, dopo vari tentativi, Federica ha deciso di fidarsi e si è messa con Luca. Lui era irriconoscibile, era innamorato alla follia. Era bello. Dopo qualche mese lei lo ha lasciato.

Luca è rimasto sotto per un po'. Sotto un treno merci.

Mi ricordo che all'inizio non voleva rinunciarci. Non voleva farsene una ragione, come si dice di solito in queste situazioni. Le telefonava nella speranza che lei cambiasse idea. Ma quei tipi di telefonata non aiutavano sicuramente.

Telefonata-tipo numero uno:

"Brava, brava, vai in giro a farti scopare, sei una troia come tutte le altre."

Telefonata-tipo numero due:

"Scusami per quello che ti ho detto prima, ma sto male, mi manchi e se penso che esci con un altro impazzisco. Io ti amo e voglio stare con te. Ci vediamo dopo? ... PERCHÉ NO? Sei una stronza."

Telefonata-tipo numero tre:

"Senti, non me ne frega un cazzo se non mi vuoi vedere, io vengo sotto casa tua lo stesso e, se non scendi, aspetto lì. Uscirai prima o poi di casa o hai paura che ti becchi con qualcuno? Devi uscire con qualcuno? Dài, dimmi la verità..."

Quanto mi dispiaceva vederlo così.

Ma forse prima o poi tutti troviamo una Federica che ci trasforma e ci rende simili agli altri uomini. Inoltre, secondo noi, se una donna ci lascia, ci dev'essere per forza un altro. Perché prima di pensare a dove abbiamo sbagliato, prima di pensare che magari siamo stati noiosi, troppo gelosi, assenti, troppo presenti ecc., pensiamo subito che il male venga da fuori e non da noi.

A parte questo, ci sono altre due situazioni in cui noi uomini ci comportiamo allo stesso modo. Una è appunto, come diceva Luca nella prima telefonata, quando pensiamo che la ex vada a farsi scopare in giro da gente a cui di lei non frega niente, mentre con noi faceva l'amore. L'altra, che è sempre legata al sesso, è quando, appena raggiunta un po' di confidenza con una ragazza, cominciamo a chiederle conferme sulle nostre prestazioni. Durante il rapporto vogliamo che le donne dicano che gli piace e che stanno godendo. O subito dopo iniziamo a fare domande tipo: qual è la persona con cui ti è piaciuto di più nella vita? Io in classifica in che zona sono? Ce l'avevano tutti più grosso del mio?

Se primo in classifica è un altro, ci rode il culo da morire.

Cacchio! Lo vuoi sapere, insisti pure, e poi quando lo sai ti incazzi.

Forse un'altra cosa che unisce noi poveri uomini è che, quando ci rifidanziamo con una ex, cominciamo a indagare per scoprire con chi è stata nel periodo in cui non era con noi. Se viene fuori che è stata con uno che conosciamo, lui diventa subito uno sfigato. Un coglione.

«Ma come cazzo si fa a scopare con uno così? Come, ci sei stata subito la seconda volta che siete usciti? Non potevi aspettare? Cazzo vuol dire che anche con me ci sei stata subito? Io sono io, dopo con te mi sono fidanzato... Cosa vuol dire che all'inizio non lo sapevi? Vabbe'... e ti è piaciuto?»

Ma torniamo a quel giorno con Luca.

L'ho riaccompagnato a casa e siamo rimasti un po' in macchina a chiacchierare e fumare. Lì ho deciso di parlargli della storia di Giovanni.

«Mi ha detto che esisto e che non vivo. Che non ho una vita, che mi devo buttare.»

La risposta di Luca è stata: «Quello sta fuori come i gerani. Lo sai che i dottori hanno accesso a droghe che noi non sappiamo nemmeno che esistano? Da noi, quelle droghe lì, non sono ancora arrivate, lascia perdere, mollalo».

Sapevo che lui aveva capito perfettamente. Quella era la reazione automatica, quella che tutti ci saremmo aspettati da lui. E lui non deludeva mai il suo pubblico. Era anche un po' vittima del suo modo di fare, ma io lo conoscevo molto bene e sapevo che aveva assimilato tutto. Che aveva capito perfettamente.

Forse aveva capito anche più di quanto avessi capito io.

«Non vorrei fare la fine che ha detto Oscar Wilde...»

«Perché, cosa ha detto?»

«Ha detto... ehh... che uno che esiste... cioè la gente non esiste quando vive... Insomma, non bisogna aspettare Godot.»

«E chi cazzo è 'sto Godot?»

«Ma che ne so, sarà un amico di Oscar Wilde. Ma non è questo il punto, il punto è: tu sei felice? Anche ieri sera, per esempio, siamo usciti con quelle là, ce le siamo anche trombate ecc. ecc., ma tu, stamattina, eri felice?»

«Triste no di sicuro, hai visto che gnocca che era? E non ti dico in movimento, a momenti dovevo prendere sgabello, frusta e cerchio infuocato... vabbe'... Sei serio. Che ne so?! Io non so nemmeno se esiste la felicità. Intendo dire come condizione perpetua. Credo che la felicità siano picchi che durano attimi, secondi. Ma non so se sono felice, a volte lo sono stato e spero di esserlo ancora. Ma non mi lamento. Vabbe', io vado, ciao merda, ci sentiamo dopo... ah! Se vuoi restare solo a pensare alle tue stronzate, dimmelo... che tanto non mi frega, io ti chiamo lo stesso, ciao.»

Me ne sono tornato verso casa con la convinzione assoluta che quella sera non sarei uscito. Sarei rimasto solo a pensare alle mie stronzate, come aveva detto Luca. Mentre stavo salendo le scale di casa mi è arrivato un messaggino sul telefono. "La nostra amicizia è fonte di felicità. Luca."

Lo aveva già fatto altre volte. Mi mandava dei messaggini

carini e pieni d'affetto, ma di persona non riusciva a dirmi quelle cose. Io mi commuovevo. Io lo amavo. Quando una donna ti dice "Ti voglio bene" o fa un gesto pieno di tenerezza è una figata, ma quando a fartelo è un tuo amico ti squagli di più. Quelle tenerezze tra amici, lontane da stupide battute sull'omosessualità, sono dirompenti. Intendo dire quando l'amico che te lo dice è in grado di intendere e di volere. Quando è lucido. Non parlo di quando è ubriaco e tra una vomitata e un passo storto comincia a dirti che ti vuole bene: «Ti voio begne, tu scei il mio miore amico... bluaaaahhhh!». Quelle volte non conta.

Luca faceva così. Utilizzava i messaggini come mezzo di comunicazione, ma te lo diceva. Con quei comportamenti avevi la sensazione che aprisse una finestrella su un mondo che teneva nascosto. Un mondo delicato, fragile, al quale ti lasciava accedere per brevi attimi. Un mondo che faceva fatica ad aprire anche a me che ero il suo migliore amico. Ma io sapevo che c'era. E anche se era nascosto bene dietro tutte quelle battute, quelle frasi, quel modo superficiale di apparire, io lo sentivo.

Un mondo per pochi. Luca usava il suo modo di fare, la sua ironia, anche per filtrare le persone. Era il suo sistema di misura. In base a come reagivano al suo stile, al suo atteggiamento, alle cose che diceva, riusciva ormai a capire che tipo di persone fossero. Aveva affinato talmente bene il meccanismo che non sbagliava quasi mai.

Quella sera sono riuscito a restare solo. Luca non ha chiamato. Probabilmente Vanessa ha scatenato le sue labbra.

Sono rimasto sveglio parecchio.

Insomma, era difficile inserire questo nuovo stato d'animo all'interno della mia vita di tutti i giorni. Non riuscivo a esternare quello che avevo dentro. Ero solamente riuscito a raccontare a Luca quello che mi aveva detto Giovanni. Niente di più. Non era facile trasformare i miei pensieri, le mie riflessioni, i miei stati d'animo in gesti, azioni, fatti, cambiamento. Sinceramente avevo anche un po' paura. Paura di scoprire qualcosa di me che non volevo. Esplorare mondi nuovi. Ma ormai la cosa occupava sempre di più la mia testa e non potevo più non pensarci. Dovevo partire. Partire per questo mio nuovo viaggio alla ricerca di me. Alla scoperta della mia vita.

4
Per un amico

Dopo qualche giorno Luca è venuto a casa e mi ha detto che aveva avuto una risposta dall'Indonesia. Il progetto era andato in porto. Giusto il tempo di preparare tutto ed entro un mese al massimo sarebbe partito. Che notizia di merda. Ma porcoggiuda!

«Come faccio senza uno stronzo come te?»

Da quel momento ogni secondo libero lo passavamo insieme. Spesso mi fermavo a dormire da lui o lui veniva da me. Mai come in quei giorni mi sono reso conto di quanto ero legato a quella faccia di merda di Luca. Lo accompagnavo a fare i documenti di cui aveva bisogno e a comprare tutto quello che gli serviva. Non lo mollavo mai.

Aveva anche un bel da fare a salutare tutte le donne con cui usciva. Certe sere se ne stava con loro, ma poi le accompagnava a casa e veniva da me o mi diceva di andare da lui. Passavamo le notti a chiacchierare, fumare e ricordare quello che avevamo fatto insieme.

Sembrava dovesse partire per la guerra. Non so perché l'avessimo presa così male. Forse perché avevamo vissuto gli ultimi vent'anni insieme. Non c'eravamo mai passati i compiti in classe semplicemente perché nessuno dei due era in grado di aiutare l'altro, ma per il resto è stata un'amicizia vera.

Nell'arco della vita puoi incontrare un sacco di persone e di qualcuna diventare veramente amico. Ma chi ha passato con te il periodo dell'adolescenza conserva un posto speciale. Forse più ancora dei compagni dell'infanzia. Quelli con cui avevo costruito i carrettini di legno, avevo giocato a rialzo, nascondino, strega comanda color, le belle statuine, mosca cieca, i quattro cantoni, bandierina, un due tre stella. Quelli con cui avevo imparato la filastrocca per fare la conta: «Pum pimpiripette nusa pimpiripette pam».

Ma adesso che ci penso devo dire che anche quelli dell'infanzia sono impareggiabili.

Con Luca, invece, avevo fatto tutte le mie prime esperienze. Sesso, droga e rock 'n' roll. Con lui ero andato alle feste, con lui avevo truccato il motorino. Avevamo fatto l'amore con la stessa donna. Con lui avevo fumato le prime canne, avevo fatto le prime vacanze, e le prime scazzottate. Più di una volta mi aveva accompagnato a casa in macchina mentre vomitavo con la testa fuori dal finestrino.

Con lui avevo pianto, e lo avevo visto piangere. Sapeva tutto della mia vita e io della sua.

Per me è sempre stato più che un fratello. Dovessimo anche separarci per sempre, non staremmo mai l'uno senza l'altro perché Luca ce l'ho nella pelle, nel sangue, disegnato in fondo alle pupille. Per lui farei qualsiasi cosa.

Però mi piace anche infastidirlo. Come quando gli rinfaccio le volte che è stato stronzo con me. Lui ci soffre veramente. Ma un amico è un amico e, di sbagliare, tra amici può succedere.

Ci sono un paio di storie che mi piace rinfacciargli. Soprattutto quella dove c'è di mezzo Anna. Una mia ex. Due amici e una donna... un classico! Quando ho conosciuto Anna e ho iniziato a uscirci, piaceva anche a lui e una sera ci ha provato. Lui ha sempre negato ma io so che l'ha fatto. Anche perché non aveva capito che ci tenevo. Pensava che lei fosse solamente una che volevo portarmi a letto. Una di quelle che vorresti fossero biodegradabili, che quando hai finito si decompongono da sole. Quando ho saputo che cosa aveva fatto, mi sono incazzato un casino e per un po' non l'ho più chiamato. Ma per fortuna non abbiamo commesso l'errore più stupido della terra: *rompere l'amicizia per una donna.*

Con Anna poi ci sono uscito per un po', ma era una storia complicata. Due caratteri difficili da far convivere. Continuavamo a lasciarci. Potevamo stare lontani chilometri e chilometri senza soffrire, ma non metri. Se non ci vedevamo riuscivamo tranquillamente a stare l'uno senza l'altra, ma se per sbaglio ci trovavamo eravamo come il ferro e la calamita. La incontravo alle feste e finivamo a fare l'amore in qualche stanza. Una volta l'abbiamo fatto anche in treno. Abbiamo chiuso le tende del vagone e lei si è seduta sopra di me.

Con lei il problema non era mai se farlo o non farlo, ma dove farlo. A volte non si sa proprio dove andare. Sei in giro per la città e non c'è un posto in cui fare l'amore. Ci siamo inventati dei posti allucinanti, io e Anna.

Un'attrazione pazzesca. Bruciavamo tutto. Senza controllo. Poi il giorno dopo non riuscivamo nemmeno a chiamarci al telefono. Questo tipo di relazione è durata un po'. Lontani, poi attaccati, poi lontanissimi, poi ancora più attaccati. Un tira e molla. Eravamo un elastico nelle mani di Dio.

La seconda storia che infastidiva Luca era legata a quel periodo in cui con la compagnia andavamo in giro a rubare. Non so cosa ci era preso ma nel pomeriggio, appena aprivano i negozi, entravamo e rubavamo. Rubavamo cose che nemmeno ci interessavano. La merce non aveva poi tutta quella importanza. Si rubava perché ci piaceva. Si rubava perché ci rendeva complici e ancora più uniti. Si potrebbe dire che si rubava per amore del gruppo.

Sarebbe interessante spiegarlo alla guardia in borghese che una volta ha beccato me e Luca alla Standa. Chissà come reagirebbe.

"Abbiamo rubato perché ci amiamo, noi nella *cumpa'*."

Era il periodo di Carnevale e avevamo rubato tutto quello che si poteva. Nasi finti, petardi, palloncini che facevano i peti, coriandoli, stelle filanti, mascherine. Poi siamo passati al reparto scuola e lì sì che si godeva. Gomme profumate all'uva, alla banana, alla fragola. La gomma pane, i pastelli colorati, le penne Papermate che potevi cancellare se sbagliavi. Una valanga di roba quel giorno.

A pochi passi dall'uscita, quando eravamo quasi fuori una mano si è appoggiata sulla mia spalla e un'altra su quella di Luca. Da subito il gioco non è stato più divertente. Sudavo freddo e credo che solamente lì, in quell'istante, ci siamo resi conto che rubare era una cosa seria. Per noi fino a quel punto, pur sapendo che non era giusto farlo, era sempre stato solo un gioco.

Questo uomo normale con i baffi ci ha trascinato in un magazzino e ci ha detto di aprire le giacche e svuotare le tasche. Mi veniva da piangere. Avrò avuto circa dodici anni. Parlavo già di sesso, avevo anche già provato a fumare, avevo già baciato con la lingua e impennavo con la Bmx. Credevo di essere ormai grande, ma lì in quel magazzino con quell'uomo con i baffi ho pianto come un vitello chiedendo scusa. Forse spinto dalla commozione o dal fastidioso suono dei miei lamenti mi ha lasciato andare. Fra l'altro, dei due io ero quello che aveva rubato meno. Nelle mie tasche c'erano poche cose. Luca è stato trattenuto. Probabilmente quell'uomo ha capito che era un osso più duro. Io, invece, come una merda sono crollato subito.

Me ne sono andato verso casa asciugandomi le lacrime da codardo. Con quella reazione mi ero rivelato in quanto debole e questo mi spiaceva molto. Avrei voluto essere un duro. Non Sbrodolino.

Luca era stato più forte di me. Uffa! Lui non avrebbe ceduto mai. Nemmeno una lacrima, nemmeno una confessione. Un vero, vero duro.

Arrivato a casa, ho cominciato a giocare per strada cercando di dimenticare. Poi, comunque, la figata in tutto questo era che i miei erano all'oscuro della cosa. Mi sono messo in porta (cancello) a giocare a pallone. A un certo punto è venuta a chiamarmi mia sorella: «Il papà ha detto di salire che deve parlarti».

Capitava raramente che mio padre fosse a casa il pomeriggio. Quel giorno c'era. Mi si è gelato il sangue.

«Perché... cosa vuole?»

Ma mia sorella era solo un'ambasciatrice. Non sapeva niente. O non voleva dirmi nulla. Mentre salivo le scale le ho chiesto se almeno lo aveva visto arrabbiato o cosa, ma lei niente.

Sono entrato con un sorriso finto come la *Gioconda* che ho appeso in casa adesso.

«Ciao papi... che c'è?»

Mio padre mi ha guardato. «Papi un cazzo...»

Dalla faccia era molto incazzato. Mi ha chiesto se ero andato alla Standa.

Ho cominciato nuovamente a piangere. Ancora scoprivo quanto ero una mezza sega. Sbrodolino aveva iniziato il suo show di lamento.

«Perdonami, papà, non lo farò più, giuro, mi dispiace, scusa.»

Lui non mi ha picchiato, ma mia madre ha dovuto accompagnarmi dal signore con i baffi. Quel tragitto fino alla Standa non me lo scorderò mai. Camminavamo senza dire una sola parola, né io né mia madre. Sembravo un condannato a morte. Non riuscivo a capire come avevano fatto a risalire a me. Al numero di telefono.

Luca! Vero, vero duro un cazzo.

Aveva svuotato il sacco, aveva detto nome, cognome, indirizzo e numero di telefono.

Prima ho pensato che era una mezza sega come me. Almeno in due era più sopportabile. Mal comune mezzo gaudio. Poi invece ho pensato a quali atroci torture gli avevano inflitto per costringerlo a parlare. La lampada in faccia come nei film con gli interrogatori. Il solletico. Un criceto nel sedere inserito con un tubo d'acciaio.

Povero Luca.

Povero criceto.

Quando siamo arrivati il torturato era seduto su una sedia che beveva una Coca-Cola. Sua mamma in piedi vicino a lui.

Non mi ha guardato nemmeno in faccia. Le due mamme si sono date una rapida occhiata e hanno fatto un leggero movimento del capo a intendere che si trovavano entrambe nella stessa tragedia familiare. Ma la mamma di Luca non sembrava particolarmente arrabbiata.

Il signore con i baffi ha detto alla mia: «Guardi, signora, non si preoccupi, non è niente di grave. L'ho fatta venire fino a qua perché non si tratta di una semplice ragazzata, per la quale non l'avrei nemmeno disturbata, ma per il fatto che dietro questo furto c'è un'organizzazione più ampia. Il ragazzo» indicando Luca «ci ha confessato che hanno rubato questa merce perché devono consegnarla a un gruppo di persone che si trovano nel centro della città vecchia, altrimenti vengono picchiati e maltrattati».

Gli occhi di mia madre si sono spalancati.

Io ero più sconvolto di lei. Luca non solo aveva dato il mio nome, l'indirizzo e il numero di telefono, ma aveva anche inventato quella storia idiota che aveva fatto entrare in scena le famiglie.

Vero, vero duro... Coglione.

Me lo sarei mangiato dal nervoso e dalla rabbia che mi era venuta.

Mia madre mi ha guardato per chiedere conferma e io chiaramente ho negato tutto. Sarebbe diventata una cosa troppo grande, sarebbero dovuti intervenire, oltre alle famiglie, anche la polizia e i carabinieri.

Ho negato. Ho negato immediatamente. E ho detto la verità. Rubavamo perché ci piaceva.

Ho finito la frase e la mamma di Luca gli ha sganciato una sberla in faccia che, se andate in quel magazzino adesso, dopo tutti questi anni, se ne sente ancora l'eco.

Siamo tornati a casa. Io e Luca in silenzio, le nostre mamme invece elencavano quali provvedimenti avrebbero preso. I castighi. Le punizioni. Facevano a gara a chi la sparava più grossa. Alla fine invece quello scherzo ci è costato qualche pomeriggio in casa. Tutto qui.

Quando voglio infastidire Luca, gli dico sempre che è un infame. Che ha fatto la spia. E lui si incazza. Per di più, noi siamo cresciuti per strada e fare l'infamata è una delle cose più gravi.

Anch'io, però, a mia volta l'ho tradito, ma non racconto come. Così sputtano solo lui. Ciao Luca!

È arrivato il giorno della sua partenza. Anzi è arrivata la sera prima della sua partenza. E io gli ho organizzato una festa. Per la precisione, ho organizzato una cena due giorni prima della partenza e la festa l'ultima sera. La cena con gli amici, amiche, gente di ogni età, tutto normale, ufficiale e legale. La festa dell'ultima sera, invece, era per pochi intimi. Tutti maschi. Tranne le due spogliarelliste. Non posso entrare nei dettagli. È stata sicuramente la numero due nella classifica delle nostre serate. La numero uno rimane sempre quella che ho passato con Luca qualche anno prima in vacanza in Costa Azzurra. Quella sera indimenticabile abbiamo conosciuto due ragazze francesi a Nizza. Dopo una serie di festeggiamenti a base di droghe di ogni tipo e alcol abbiamo deciso di montare la tenda e dormire tutti e quattro insieme. A un certo punto volevamo farci ancora una canna, ma non avevamo più niente. Luca ha imbevuto una sigaretta del suo profumo patchouli perché ha sapore di incenso e ci siamo fumati quella. Eravamo distrutti. In quella tenda con le due francesine sono successe cose che faccio fatica a crederci anch'io che c'ero. La mattina dopo, quando ci siamo svegliati, oltre a una serie di odori, abbiamo sentito dei rumori di automobili. Aprendo la cerniera della tenda e affacciandoci, ci siamo accorti di averla montata sull'aiuola di una rotatoria. E c'era già traffico. Serata impareggiabile.

Comunque, la mattina dopo la festa Luca l'ho accompagnato io. Quando ci siamo salutati per l'ultima volta, abbiamo pianto. Credo per colpa della stanchezza fisica della serata.

5
Soli in compagnia

Senza Luca che mi ronzava nella vita mi capitava spesso di trovarmi solo. Mi mancava. Mi mancava un casino. Ci mandavamo delle e-mail e ogni tanto ci scambiavamo delle telefonate. Il lavoro che stava facendo in quel periodo non era facile. Era di fronte a una marea di difficoltà e di problemi. La lingua, le leggi, le abitudini, la gente... Ma non avevo dubbi sulla riuscita del suo progetto. Luca era veramente un grande. Sapeva lavorare. E quando si usciva la sera sapeva anche divertirsi. Tutto quello che faceva lo faceva fino in fondo. Mi ricordo che c'è stato un periodo in cui doveva lavorare anche la mattina del sabato. Capitava che dopo la seratina del venerdì lo dovevo riaccompagnare a casa io perché non era in grado di guidare. Distrutto, ridotto come una larva. Eppure lui alle nove era in ufficio. Non ho mai capito come facesse. Poi il pomeriggio sveniva sul letto e il sabato sera era di nuovo pronto. Altra categoria.

Ero sicuro, conoscendolo, che nel giro di qualche mese avrebbe ribaltato le abitudini degli abitanti dell'Indonesia. Io, nel frattempo, dovevo affrontare me stesso. La sua partenza, mi scoccia ammetterlo, mi ha aiutato parecchio. In qualche modo anch'io, come lui, stavo esplorando un paese nuovo, stavo visitando una terra sconosciuta con una lingua diversa, esigenze diverse, modi di pensare diversi. La partenza di Luca mi ha lasciato un sacco di tempo per me, ma ha anche amplificato il mio senso di solitudine e mi è capitato spesso di avere ancora le mie ansie.

Il nuovo progetto di cambiamento, il nuovo tentativo di trovare una soluzione all'infelicità era comunque fermo ancora alla parte teorica. All'analisi. Riflettevo su tutto. Sul mio lavoro, la mia famiglia, le mie storie d'amore, i miei amici. A ben pensarci, si potevano percepire i sintomi di quella infelicità e insoddisfazione, oltre che nelle ansie, anche in quei miei improvvisi distacchi mentali, in quei miei allontanamenti durante certe chiacchierate. Mi capitava di trovarmi per esempio con gli amici a tavola e a un certo punto mi isolavo, con la testa non ero più presente, pensavo ad altro. Di colpo tutto diventava silenzioso, li vedevo ridere, chiacchierare, ma non li sentivo. Come se fossero all'interno di un televisore senza audio.

Da quelle serate mi sentivo automaticamente tagliato fuori come un coriandolo.

Tornavo a casa e, quando ero lì a letto da solo, non riuscivo a prendere sonno. Mi veniva in mente una serie di domande. Mi chiedevo: onestamente, ti sei divertito questa sera? Questa è la vita che vuoi vivere? Stai davvero facendo ciò che vuoi o lo fai perché segui il flusso dei tuoi amici?

Ero confuso. Ma non capivo se erano le situazioni che non mi andavano più bene, oppure se ero io che non ero più capace di divertirmi. Forse ero diventato più esigente.

Non potevo fare a meno di chiedermi: "Cazzo, ma la vita è tutta qui?".

Mi veniva da pensare che doveva esserci qualcosa di più. Qualcosa che avesse più senso.

Non riuscivo a togliermi di dosso quella sensazione di inutilità della vita.

Volevo delle risposte. RI-SPO-STE.

Probabilmente una parte di me, quella più intima, quella più profonda, stava premendo nella mia vita. Non so. So solo che sono stato molto strano per un po'. Almeno così mi dicevano. «Che hai? Sei strano ultimamente, sei diventato più silenzioso.» Oppure liquidavano i miei comportamenti con la frase: «Pensi troppo».

Insomma, tornavo a casa e non sapevo dare una risposta alle domande che mi assillavano.

Qualcosa spingeva. Ero come *incinto.* Si stavano rompendo le acque. Il bambino dentro di me stava premendo per uscire.

Ma con chi potevo parlarne? Per assurdo i miei amici, che erano le persone con cui avevo più confidenza, erano anche quelli con cui era più difficile affrontare questi argomenti. Facevo fatica a comunicare loro il mio disagio. Sarebbe stato più facile confidarmi con uno sconosciuto su un treno. Con loro sarebbe stato rischioso. Avrei potuto rompere degli equilibri.

Più che rompere le acque stavo iniziando a rompere le scatole. Con le mie solite fissazioni. Ma è colpa mia se torno a casa e sento che così non mi va più?

Del resto, i miei ragionamenti non erano cause. Erano effetti. Effetti di un qualcosa. Di una noia, di una crisi, di una sensazione, di un vuoto, di paure. Di quelle maledettissime ansie.

A volte pensavo addirittura che magari quella mia differenza dagli altri potesse essere causata anche da un errore strutturale. Cioè, magari eravamo proprio diversi dentro. Come percezione. Facevo dei viaggi mentali pensando che magari quello che chiamavo verde per loro era giallo. Che il mio profumo di pane per loro era un altro profumo. Che magari il sapore che sentivo nel mangiare la pasta loro lo provavano gustando il pesce. Ecco perché a qualcuno piace una cosa e a qualcun altro un'altra. Semplicemente perché persone diverse sentono sapori diversi. Quindi, magari quando uno dice «mi piace il pesce» e un altro dice «mi piace la pasta», in realtà stanno parlando dello stesso sapore.

Comunque, rimane sempre il dubbio se la mela abbia lo stesso sapore per me e per loro, e soprattutto se, prima di essere morsa, abbia un sapore suo. Cioè, una volta mi sono *intrippato* pensando che nulla sa di nulla finché non c'è un incontro. Che la mela non abbia sapore finché non si incontra con una bocca che la morde. Dall'incontro tra la mela e la bocca nasce il sapore e quindi ognuno di noi nella propria vita crea sapori diversi... Come i profumi che cambiano in base alla pelle. Tutto è neutro. Sei tu che dai il sapore alle cose, incontrandole.

Forse è vero che penso troppo.

Ma non è che penso troppo. Mi fisso, è diverso. Come quando ho tutta la casa in disordine che sembra che ci sia stato il mercato la mattina, un vero porcile, ma io mi fisso sulle briciole che si infilano fra le lettere della tastiera del computer. Ad esempio tra la H e la J mi sono cadute ieri delle briciole di torta alla carota. Che nervi. Sono invaso e sepolto dal disordine in tutta la casa, ma sono infastidito da quelle stronzissime bricioline. Non posso far finta di niente. Passo ore a soffiare. Oppure cerco di toglierle con la matita. Hjjhjuujjnjjhjjghhjjjhj. (C'ho provato, ma niente.)

Questo delle briciole è un problema che risolverò dopo. Andiamo avanti. Hjjhujhjhjhujuujhjhjhjh (scusate, è stato un momento di debolezza).

Pensando alla mia compagnia e analizzando bene la situazione, forse il problema era che a quel tempo mi ero un po' rotto delle solite cose.

Ricordo che quando eravamo più piccoli, passavamo le serate non a fare qualcosa, ma a decidere cosa fare. Si mangiava una pizza, poi si saliva in macchina, si cominciava a elencare i posti dove si poteva andare, feste, locali, bar ecc., e poi mentre si cercava di prendere una decisione finiva sempre che ci si ammazzava di canne, finché uno diceva «io mi sono rotto, vado a casa, ci vediamo domani», e da lì uno alla volta si usciva di scena. Quelle macchine non ci sono più. I sedili con quei buchini di bruciature erano la mappa della nostra noia. Vetri appannati, rumore di giacche a vento che sfregavano e accendini che sembravano lanciafiamme. E tanto freddo. Se non avevamo il fumo facevamo una colletta e passavamo la serata a cercarlo, con il rischio spesso di comprare della pattona di gomma, detta "puzzone", da un marocchino che ti chiamava "amico".

«Sciao, amico, vieni da me che ti fascio una bela storia...»

Magari avevamo finito anche le cartine, quindi bisognava trovare un volenteroso nella compagnia che aveva voglia di fare gli svuotini. Sicuramente quel volenteroso non ero io. Io, che rifiutavo perfino di rollare con le cartine corte. Figurati uno svuotino.

La vieterei, la vendita delle cartine corte.

Diventati un po' più grandi, comunque non è cambiato poi molto. Praticamente dalla macchina si è passati alla casa. Si andava a casa di uno, si cenava, ci si spostava sul divano e si rollava. Tra frasi tipo "Dove andiamo? Che facciamo? Non c'è mai un cazzo da fare in questa città", ammazzandosi di canne e di alcol si finiva la serata. Ci si distruggeva a tal punto che, guardandosi in faccia, sembrava di essere nel bar di *Guerre stellari*. Certe sere erano anche divertenti, ma tante altre erano come una martellata nei maroni.

Noia noia noia. Sembrava che, non trovando un senso alla vita, non rimanesse che distruggerla.

Quindi i cambiamenti sostanziali nella mia compagnia alla fine erano stati: "lo stato in luogo". Prima panchine del parchetto, poi macchina, poi divano.

La cosa strana guardandola da qui era che eravamo convinti di essere liberi. Il fatto di avere una macchina, di fumare, di poter stare in giro fino a tardi o di fare ciò che avevamo voglia ci dava in cambio l'illusione della libertà. Una libertà apparente. Liberi, ma in un recinto. Un recinto con le sbarre che non si riuscivano a vedere. Anche perché spesso ci confrontavamo con la vita che avevano fatto i nostri genitori. Quante volte avevo sentito frasi tipo: "Voi giovani non sapete cosa vuol dire il sacrificio". Quindi noi eravamo quelli fortunati. Invece la verità era che noi non eravamo più liberi di loro. Semplicemente avevamo allungato un po' quel guinzaglio invisibile. E non eravamo nemmeno più ricchi. Semplicemente avevamo più cose.

Forse la libertà poi non è nemmeno poter fare ciò che si vuole senza limiti, ma piuttosto saperseli dare. Non essere schiavi delle passioni, dei desideri. Essere padroni di se stessi.

Ma io non ero libero nemmeno dal giudizio degli altri.

Quante volte avrei voluto dire a fine serata: "Dài, andiamo via tutti insieme, così nessuno parla male di quelli che sono già usciti".

A volte avevo paura ad andare via per primo.

Anche se parlavo spesso di libertà, devo dire che un po' mi faceva paura.

La libertà *faceva* paura. Comunque sia, liberi o non liberi, noi in quel periodo giravamo su noi stessi. Sempre lì.

Sembravamo dei bambini sulle giostre.

Quando ero piccolo e andavo al mare, mi ricordo che mia nonna mi portava sempre alle giostre. Mi piacevano un casino. Facevo un giro sulla motoretta, poi sulla navicella che si alza, poi sul cavallo, sulla carrozza, sul furgoncino dei pompieri, sul missile. Che bello quando salivo e partiva. Che brutto quando mi dicevano: «Adesso basta andiamo a casa».

Quelle macchinine le avrei strappate, le avrei svitate e portate via. Me le sarei portate a casa tanto mi piacevano. Immaginavo di poterle usare per la strada come fossero vere. Che bello sognare.

Ricordo una volta che un signore era sceso dalla giostra in movimento ed era caduto. Siccome io ero seduto sul camioncino dell'ambulanza, mi sono chiesto poi per anni se da me si fossero aspettati che facessi qualcosa.

Giravo su quella giostra suonando, urlando e cercando di strappare il codino per vincere un giro gratis.

Se ci riuscivo guardavo mia nonna con orgoglio e torcevo il collo per non perderla di vista, neppure un secondo. La mia faccia sorridente era come se gridasse: "Ehi... nonna... ho vinto... sono bravo, sei fiera del supernipote?".

I ricordi sulla giostra sono una metafora perfetta della nostra vita in quel periodo. Eravamo anche noi su una giostra. Quella che quando parte fai fatica a scendere. Ma lì non ci sono carrozze vere, macchine vere, astronavi vere. Vivevamo con l'unica ambizione di riuscire a strappare qualche codino per avere il nostro momento di gloria e un ennesimo giro sulla giostra. Quella giostra, però, non è vita, ma ne mette in scena la parodia. La "parodia della vita".

Mentre la vita, la vita vera era giù. Più vicino di quanto potessi pensare. A un passo. Ma quel passo spettava a noi. Bisogna avere coraggio. Il coraggio di scendere. Il coraggio di fermare quell'esistenza. *Il coraggio di essere liberi.*

Ma scendere dalla giostra voleva dire fermarsi. E io, ad esempio, non ne ero capace. Dovevo sempre essere in movimento, sempre impegnato, sempre pieno di cose. Era una vita che scappavo, che correvo, che fuggivo dalle mie paure, da una continua malinconia, da una specie di depressione. Dal silenzio. Dalla solitudine. Avevo sempre bisogno di fare qualcosa. Avevo sempre bisogno di essere coinvolto in un progetto, occupato, impegnato, per stare lontano da me. In qualsiasi momento. Quando sono andato a vivere da solo i primi giorni impazzivo. A tavola, ad esempio, ero abituato a stare con i miei e con il televisore acceso. La prima sera che ho cenato solo, a un certo punto ho iniziato a telefonare. Tutto solo in silenzio sentivo il rumore del cibo che masticavo. L'insalata scricchiolava nella bocca. La forchetta strideva sul piatto. E poi silenzio. Impazzivo. Facevo scorrere la rubrica del telefonino e chiamavo qualcuno. Anche chi non avevo proprio voglia di sentire.

«Ciao, come va? È un po' che non ci sentiamo. Ma no, non ti ho chiamato perché non c'avevo niente da fare. Per chi mi hai preso, per una merda?» Tanato subito!

In quei momenti di solitudine avrei risposto anche a quelli che mi avessero chiamato con "anonimo" o "numero privato". Quelli che di solito fissi il telefono perché sei curioso di sapere chi è, ma hai anche paura che sia un rompipalle e non sai che fare.

Una trappola mostruosa. Una volta non sapevi mai chi ti stava chiamando se non rispondevi. Adesso invece, abituato a vederlo prima, gli anonimi ti spiazzano. A parte quando ti chiama qualcuno e tu non rispondi perché non ti va di sentirlo; ma lui, dopo un secondo, richiama con anonimo... allora lo sai che non mi va di sentirti.

Anche in macchina dovevo sempre fare qualcosa, fumare, cantare. Insomma non riuscivo mai a stare fermo e in silenzio.

Comunque, il problema era che bisognava in qualche modo saltare giù da quella giostra, e il primo passo da fare era proprio non muoversi. Fermarsi.

Nessuno però voleva scendere finché tutti gli altri rimanevano. Infatti restavamo stupidamente aggrappati all'ombra di noi stessi perché non potevamo sapere che, staccandoci dall'esistenza e cadendo nella vita, non ci saremmo più sentiti soli.

6
L'anima gemella

Ho provato a chiamare Luca ma continuava a cadere la linea. Sono riuscito solo a capire che doveva andare in un altro posto per una settimana... Non ho capito però cosa ci andasse a fare. Mi ha detto che sarebbe entrato un po' più all'interno del paese e che non ci sarebbe stato il telefono.

Chissà che posti meravigliosi. Chissà che avventure. Mi ricordo dei viaggi che ho fatto con lui. A volte abbiamo preso degli aerei che non so come siano potuti decollare e atterrare senza finire in mille pezzi. Uno era talmente al risparmio che a un certo punto c'è mancato solo che il pilota ci gridasse: "Chi viene a tenere la cloche un attimo che devo andare al cesso?".

Nel frattempo io continuavo a srotolare la mia vita e a osservarla. Ero sempre più dentro me stesso. Stavo rompendo tutto pezzo per pezzo, come fossi una persona fatta di mattoncini Lego. Toglievo, toglievo, toglievo. Era come se sotto, soffocata, schiacciata da tutte queste cose, ci fosse la risposta. Sentivo che eliminare e togliere era la strada giusta. Annullavo sempre più quell'essere me stesso che in fondo non era il mio vero io. Tagliavo i fili. Ormai avevo visto e non potevo più fingere. Scoprivo sempre più cosa non mi piaceva fare, cosa non mi piaceva essere o pensare. Affrontavo le mie paure, i miei dubbi, le mie ansie. Entravo nella grotta dove c'erano i miei mostri, i miei fantasmi e li sfidavo. Cominciavo a conoscermi e a capire molte cose. Cominciavo a capire quanto tutto fosse collegato. Il mio rapporto con la famiglia, con gli amici, con il lavoro, con le donne. Tutto era intrecciato. Ma ora stavo sgarbugliando la grossa matassa. Ad esempio sono arrivato a capire che voler sempre controllare tutto, prevenire le sofferenze e il dolore era stata una dannazione per me, perché non mi aveva mai permesso né concesso il lusso dell'amore. Quello vero. Quando guardavo quei film dove c'era una persona che veniva lasciata e soffriva, io, da casa, soffrivo più di lei. Quando vedevo un amico star male per amore, pensavo sempre che al posto suo non ce l'avrei mai fatta a sopportare quel dolore. Al posto suo mi sarei trovato a nuotare in chili di gelato o di Nutella. Io somatizzavo, somatizzavo troppo. Quando mi capitava di uscire con una ragazza fidanzata, un po' mi dispiaceva per il suo fidanzato. Non abbastanza da non stare con lei, ma mi dispiaceva. Voglio dire: mi provoca tuttora un leggero dolore ripensare a una sofferenza amorosa vissuta all'età di sette anni. Mi ero innamorato di un'amica di mia sorella, che aveva diciott'anni. Si chiamava Claudia. Non ricordo più nemmeno che faccia avesse. Aveva i capelli ricci. Si diceva che fumasse un pacchetto di sigarette al giorno e che le piacesse David Bowie. A quell'epoca la mia famiglia si è dovuta trasferire per motivi professionali di mio padre. E io ho pianto molto. È stato un vero shock. Un vero trauma. Quello è stato il primo vero cambiamento nella mia vita ed, essendo stato doloroso, credo che mi abbia condizionato per sempre. Per me cambiamento voleva dire dolore, quindi ho sempre fatto molta fatica a cambiare. Aspettavo sempre più che potevo. Così, nella vita ho sviluppato più che altro la capacità di sopportare.

Ma voglio raccontare la mia prima sofferenza d'amore. Prima di andarcene, io e mia sorella abbiamo mandato una letterina a tutti. Con tanto di disegni. Io ne ho fatta una anche a Claudia. Ci ho disegnato un cuore. La sera prima di partire mi sono avvicinato a lei per consegnargliela. L'avevo riletta e riguardata almeno mille volte. Oltre al disegno, ci avevo scritto: "Mi mancherai perché ti amo".

Quando sono arrivato a un passo da lei, sono tornato indietro. Stava parlando con altri ragazzi seduta su un muretto. Avevo paura e vergogna. Avrei voluto essere solo e dirle che non era importante il fatto che fossi più piccolo, perché io la amavo. A quell'età pensavo che nessuno avesse mai rifiutato una persona che lo amava. Cioè, amavo così tanto Claudia che credevo bastasse questo per essere contraccambiato. A quella età, che meraviglia.

Dopo essere andato avanti e indietro un po' di volte, ho preso coraggio, le ho dato la lettera e sono scappato. Da lontano ho visto che lei la faceva leggere a tutti e che ridevano. Lei non è venuta poi a cercarmi come speravo. Ha continuato a chiacchierare con i suoi amici. Più tardi è tornata a casa. Della sua compagnia, se ne sono andati tutti. Allora mi sono avvicinato al muretto, quel muretto dove si era seduto il mio amore, e ho trovato la mia lettera abbandonata lì.

Ancora adesso, quando ci penso, mi viene da star male. Ricordo tutto come fosse ieri.

Ho raccolto la lettera e l'ho portata a casa.

Non ho mai più visto Claudia. Avevo sette anni. Non sarei stato nemmeno capace di distinguere una donna con le mutande nere da una senza. Ma ero convinto di essere veramente innamorato.

Crescendo, invece, mi sono convinto sempre di più, e non so su quali basi, che nella vita ci sia un solo vero grande amore. Che esista un principe azzurro per le donne e una principessa per gli uomini. L'anima gemella. E che gli altri alla fine siano soltanto comparse. Ero tutto contento all'idea che per una donna al mondo io ero il principe azzurro. Magari un coglione per il resto dell'universo femminile, magari insignificante, brutto, poco affascinante, magari con me Cenerentola sarebbe andata a casa alle dieci, dieci e un quarto al massimo, Biancaneve dopo il mio bacio avrebbe fatto finta di morire di nuovo, ma per una... fatevi largo, io ero il principe azzurro. Il più bello, il più affascinante, il più interessante. Non è meraviglioso sapere che per una persona al mondo tu sei "il più"? Non è incredibile tutto questo? Non dà un senso di responsabilità? A me questa cosa è sempre piaciuta. Anche se, in calzamaglia azzurra, non sto da dio.

Sono cresciuto convinto che la mia principessa l'avrei riconosciuta al primo sguardo. O perlomeno che, se non l'avessi riconosciuta subito io, lo avrebbe fatto lei.

Questi i tre passaggi: uno sguardo, un sospiro, una certezza.

Passavo le notti nella mia cameretta a immaginare come potesse essere. Bionda, mora, capelli lunghi, corti, alta, bassa. Mi chiedevo dove potesse essere, cosa stesse facendo. Se magari stava già con qualcuno. Se aveva avuto tanti uomini o se invece si era tenuta un po'. Tenuta per me.

Queste convinzioni mi hanno portato ad avere un rapporto un po' distaccato con tutte le altre donne con cui sono stato nella vita. Mi piacevano, ci uscivo volentieri, magari un po' ne ero anche innamorato, ma sapevo che comunque non erano loro, quindi un po' mi dovevo tenere. Tenere per lei.

Sinceramente mi piaceva anche uscire la mattina con l'idea di lasciare aperta la porta delle occasioni. Mi piaceva pensare che magari in metropolitana potevo incontrare uno sguardo di complicità, potevo incontrare lei, o una lei. Come quando vai alle feste e, invece di portarti una ragazza, ci vai solo perché così hai tutte le possibilità aperte, e se c'è quella che ti piace non ci devi rinunciare. Sei libero di agire. Nessun legame.

Lasciamo stare che poi non c'è mai stata questa lei e a metà festa mi pentivo di non essermi portato la certezza. Ma amavo rischiare, amavo sperare, amavo sognare. E mentre gli altri limonavano io mi affezionavo al barista.

Così, per lei, ho sacrificato molte cose.

Ultimamente, però, riflettendo su questa convinzione dell'anima gemella cominciavo a pensare che, se fosse stata un'idea sbagliata, avrei perso la grande occasione della mia vita. Amare. Amare veramente. Magari non è vero che ci si riconosce subito. Magari prima bisogna aprirsi, liberarsi da mille paure, da mille atteggiamenti, da mille armature.

Forse bisogna anche un po' imparare a stare con le persone, e non aspettarsi gli incastri perfetti.

Comunque, credendo a tutta questa storia del colpo di fulmine, conservavo una forma di verginità. Una verginità nei gesti, nei sentimenti, nelle parole. Conservavo gelosamente uno scrigno pieno di parole mai pronunciate, gesti mai compiuti, sguardi e sentimenti mai vissuti, mondi mai visitati.

Alla donna della mia vita, il giorno che l'avrei incontrata, avrei donato un campo di neve immacolato, intatto, mai calpestato prima, senza nemmeno il segno di una piccola impronta. E sarebbe stato tutto suo, solamente per lei. E io, quel campo innevato, lo proteggevo. Lo proteggevo e facevo la guardia da anni come un custode fedele, aspettavo. Aspettavo senza nemmeno conoscere la faccia di chi vi avrebbe avuto in esclusiva il libero accesso. Solo per lei.

Le parole che avrei pronunciato, i gesti, gli sguardi e le sensazioni che sarebbero nati da quell'incontro sarebbero stati "perlaprimavolta". Sarebbero stati pieni di emozione, pieni di energia. Potenti, puri, carichi di luce e di forza. Forza acquisita con la rinuncia, la fede, l'attesa, l'amore. Tutto lo immaginavo avvolto da un qualcosa di sacro. Alle altre donne non l'avevo mai fatto nemmeno vedere quel campo. A costo di sembrare superficiale ai loro occhi. Ma per lei accettavo anche questo.

Quante volte avevo cercato di incontrarla. Bastava che un amico mi dicesse che aveva un'amica carina da presentarmi che io subito pensavo: "È lei".

Oppure bastava la voce di una donna che aveva sbagliato numero di telefono e io pensavo subito che il destino stava giocando con noi. «Non mettere giù, magari sei la donna della mia vita.»

«Sono già sposata, mi spiace. Scusa ancora, ciao.»

Magari poteva accorgersi di essersi sposata con l'uomo

sbagliato, perché no... Fortuna che si doveva tenere. Cacchio, si era sposata.

Qualsiasi donna poteva essere il grande incontro. Quante volte avevo sperato, quante volte ci avevo creduto. Quante volte avevo caricato quelle occasioni di emozioni, fantasie, immagini, aspettative. Invece, ogni volta era una delusione, un dolore, una sconfitta. Era la realtà.

Un giorno ho visto Alessandro con Paola, la sua nuova fidanzata. Abbiamo parlato un po' e poi mi hanno detto che stavano andando in stazione a prendere un'amica di Paola che veniva da Catania e si fermava qualche giorno da lei.

«Se ti va, questa sera noi usciamo a mangiare una pizza... Perché non vieni anche tu? Così ti presento la mia amica... è molto carina.»

«Come si chiama?»

«Eleonora.» Ho accettato.

L'incontro con loro mi ha cambiato la giornata. Ho passato tutto il pomeriggio a immaginarla. Eleonora di Catania. La vedevo ridere alle mie battute, sognavo di scoprirla con la coda dell'occhio mentre a tavola mi osservava di nascosto. Quel pomeriggio sono rimasto nella realtà solo qualche minuto. Mi sono trasferito nel mio mondo quasi tutto il giorno. Traslocato.

Sentivo che era lei. Immaginavo che sarei arrivato all'appuntamento e che nel vederci sarebbe scattato qualcosa. Infatti è accaduto.

Quando l'ho vista è scattata subito... la voglia di tornarmene a casa. Non era solo questione di bellezza, nemmeno io sono Brad Pitt. Era una questione di pelle.

Però mi aveva regalato un bel pomeriggio.

Ne potrei raccontare mille di storie in cui ho pensato al grande incontro. Un giorno sono entrato in un bar a bere un tè. Mentre aspettavo ho visto la fotografia di un cane appesa al muro. Sotto c'era scritto: "Sono un cucciolo di bastardino. Cerco una persona che si prenda cura di me. Se mi vuoi, chiama la padrona dei miei fratellini. Lei non ci può tenere tutti. Si chiama Chiara e il suo numero è 338987****".

Sono rimasto tutto il tempo a fantasticare come fosse Chiara. Me la figuravo simpatica, brillante, buona d'animo. Immaginavo il nostro incontro. Ci saremmo piaciuti subito, quasi da dimenticare il cane. Poi avremmo preso una casa grande insieme, così i cuccioli non si sarebbero dovuti separare. Una casa vicino al mare, per poter correre sulla spiaggia, io, lei e i cani. Sognavo di tornare a casa per fare una bella doccia, e poi le avrei asciugato i capelli con un asciugamano bianco. Alla fine di tutto quel viaggio mentale mi è venuta voglia di conoscerla, e poi non potevo mica lasciarla a casa con i capelli bagnati.

Ho chiamato. Mi ha risposto Chiara. Una voce angelica, limpida.

Le ho detto che avevo chiamato per il bastardino. Avevo voglia di vederla subito. Dopo aver sentito la voce, ancora di più. Avrei voluto dirle che ero l'uomo della sua vita e che il destino aveva scelto un modo così originale per far incontrare le nostre anime. Avrei voluto dirle questo, invece le ho chiesto se si poteva vedere il cucciolo. Mi ha risposto che quel giorno non poteva. Ho proposto l'indomani mattina. Mi ha risposto che la mattina era a scuola.

«Scusa, Chiara, quanti anni hai?»

«Diciassette, perché?»

Nel mio film personale, dove ero già vestito da matrimonio, mi sono voltato verso la sposa, ma lei non c'era più. Sparita. Nessuna era lì a dire: "Sì, lo voglio".

«No, niente... allora guardo in base ai miei impegni quando posso e poi ti richiamo. Grazie.»

Idealizzavo, giocavo, davo libero sfogo alla fantasia. Comunque non demordevo. Sapevo che, prima o poi, l'avrei trovata.

Con questa idea dell'anima gemella mi paravo il culo da un certo tipo di sofferenza. Avevo delle storie e non erano certo rapporti totalmente privi di dolore. C'era sempre una piccola particella malata di possesso che mi faceva stare male quando le ragazze mi lasciavano, e le vedevo con un altro, ma era comunque un dolore sopportabile, e poi mi ripetevo che non dovevo arrabbiarmi o soffrire perché tanto quella non era lei, non era la donna della mia vita, e quindi in qualche modo, prima o poi, sarebbe dovuta finire.

Insomma, la mia principessa azzurra era in realtà la mia imbottitura per non sentire dolore. L'ennesima difesa. L'ennesimo controllo.

Era comunque meglio immaginare un rapporto perfetto e futuro con una donna che non c'era piuttosto che cercare di costruire delle intimità e dei legami reali con quelle esistenti. Avere tante relazioni mi consentiva di non mettere mai in gioco la mia intimità. Di dare quella parte di me che mi faceva poi avere paura. Perché mi sembrava di perderla e di diventare più vulnerabile. Meglio quindi stare in superficie.

E poi non entrare mai fino in fondo in una relazione mi rendeva perfetto. Non lo era la storia, ma io sì. Non ero geloso, non rompevo le scatole, non mi dovevo mettere in gioco. Ci si vedeva, si faceva l'amore, si chiacchierava, si rideva. Niente seccature.

Spesso in quelle relazioni mi sentivo un po' come se fossi un ospedale. Vivevo il mio amore per le donne come una forma di cura. Cura per loro. Le mie donne preferite erano quelle un po' afflitte, quelle che erano state trattate male dagli uomini precedenti. Se c'era una donna sofferente e delusa dall'universo maschile nel raggio di qualche chilometro, io correvo subito a occuparmi di lei, a prendermene cura, a farla divertire.

Il problema era che, come un ospedale, appena stavano meglio, liberavo il letto per la successiva.

La cosa che mi dispiaceva di più era che, dopo averle aiutate a rialzarsi, le ributtavo a terra con il mio disinteresse a costruire una storia. Molte, pensando di cambiarmi, se ne sono andate via più tristi e deluse di quando erano arrivate. Vorrei radunarle tutte una sera e chiedere loro scusa. Scusatemi. Ma non lo facevo apposta. Già io ero una vittima di qualcosa che mi spingeva a comportarmi così. Forse mi condizionava molto il fatto che, solitamente, in una vera storia d'amore, la persona con cui stai è lo specchio migliore per vedere i tuoi difetti e i tuoi limiti. E io, non avvicinandomi mai troppo a quello specchio, conservavo una migliore immagine di me.

Credo che un'idea così forte e radicata dell'anima gemella sia riconducibile alla perdita di me stesso. O meglio di una *parte di me stesso.* Quella carenza mi procurava una strana sensazione. Pur avendo tutto, pur avendo molto, mi mancava sempre qualcosa. Allora non sapevo cosa fosse, ma avevo continuamente la sensazione che il cerchio non si chiudesse. C'era come un buco. Serviva ancora un mattone. Non ci voleva molto, ma quel poco non faceva tornare i conti, non chiudeva, non completava. Per anni in quel vuoto ci mettevo un'altra persona. Una donna. Ripetevo che stavo con lei perché mi completava. Perché lei mi migliorava. Quel vuoto, però, con il passare del tempo mi aveva creato chiaramente una dipendenza. In quella donna riponevo la mia felicità. Quella dipendenza mi metteva paura. Paura di perderla.

Si innescavano così dinamiche di disarmonia, che alteravano il mio comportamento o quello dell'altra persona, e finivamo col non vivere la nostra vita. La nostra storia frenava e dirottava i nostri destini. Anche qui ci si adattava.

Quel senso di incompiutezza era come il buco nello stomaco che ti viene quando hai fame. E si sa che quando hai fame mangi ciò che trovi. Anche se non è il tuo piatto preferito. Ma, del resto, l'obiettivo non è gustare o deliziare il cuore, ma riempire lo stomaco. Chiudere il buco.

Mi ricordo, ad esempio, quando mi sono messo con Monica. Ero convinto che il sentimento che provavo fosse una cosa seria. Pur sapendo nel profondo che non era la mia anima gemella, adoravo stare con lei. Sentivo una cosa forte dentro.

La verità vera era che mi piaceva stare con lei, ma mi piaceva ancora di più l'idea di non essere più solo. Sapevo che non era lei, ma volevo stare con lei. Monica era la parte forte della coppia e questo le permetteva anche di fare ciò che voleva. E non sempre quello che voleva era giusto o carino. Ma a me, anche se non andava bene, andava bene. Finché l'alternativa era quella sensazione di vuoto. Quindi meglio così. Meglio con Monica stronza che senza Monica. Come quando le chiedevo se voleva fermarsi a dormire da me e lei mi diceva di no inventando scuse stupidissime. La più usata era che non poteva perché aveva le lenti e le bruciavano gli occhi. Sapevo che sarebbe stato meglio per me lasciarla, ma non ci riuscivo.

Non volevo la donna giusta per me, volevo lei.

Una sera le ho anche detto che se mi amava veramente doveva lasciarmi, perché io non ce l'avrei mai fatta. Lei ha accettato e nei giorni successivi non mi ha più telefonato. Stavo male. Mi mancava. Allora l'ho chiamata io, e le ho anche dato della stronza perché aveva accettato subito la mia proposta senza fare la minima resistenza. Speravo che in quei giorni lei rompesse la promessa e mi dicesse: "Scusami, Checco, lo so che non devo chiamarti, ma non ce la faccio, è più forte di me. Ho capito in questi giorni quanto sono legata a te e mi manchi, mi manchi da morire". Invece niente.

Con lei soffrivo, senza di lei anche.

Ero in trappola. Non vedendola, fra l'altro, non solo non stavo meglio, ma addirittura la idealizzavo e finivo per desiderarla ancora di più.

Allora mi dicevo: "Piuttosto che niente, meglio piuttosto". Cioè prendevo quello che poteva darmi e cercavo di accontentarmi.

Se mi fossi amato non glielo avrei permesso.

Il problema era sempre quello. La soluzione era arrivare alla nausea. Continuare finché mi fossi nauseato non tanto di lei quanto della mia umiliazione e mancanza d'amore per me stesso. Ero in difficoltà. E lo sono stato per molto. Ero talmente confuso e la vedevo talmente più forte di me che, quando dovevo prendere delle decisioni, mi chiedevo cosa avrebbe fatto al mio posto. Prendevo le decisioni della mia vita attraverso la sua persona o l'idea che mi ero fatto di lei. A volte addirittura parlavo usando frasi sue per vedere come le altre persone reagivano. Per vedere se riuscivo a convincerle come lei aveva fatto con me. In realtà, cercavo solamente di convincermi.

Parlavo per chiarirmi a me stesso.

La nostra vita sessuale era un disastro. Con lei avevo la famosa *ansia da prestazione*. Soprattutto perché in quel periodo mi sentivo totalmente responsabile degli orgasmi femminili. Se una donna non lo raggiungeva, mi sentivo un fallito e tenevo il muso da perdente.

Quel tentativo con Monica di sfuggire alla solitudine mi ha reso alla fine masochista.

Ma con le donne non ho mai capito molto. Imparavo una cosa con una, la applicavo con quella dopo, ma non funzionava più. Con una donna facevo l'amore piano e lei mi diceva di andare più forte. Allora con la ragazza successiva andavo forte e lei mi chiedeva di rallentare... Una volta sono stato a letto con una che mi pregava: «Dimmi che sono una troia, dimmi che sono una troia...». E io: «Ma no, dài, perché...». Mi dispiaceva. Siccome insisteva, ho cominciato a dirglielo.

«Troia, sei un po' troia... un po'...»

E lei godeva e impazziva.

La volta dopo sono uscito con una ragazza che mi piaceva e, siccome avevo visto che le parolacce funzionavano, mentre facevamo l'amore le ho detto: «Troia». Lei mi ha guardato e mi ha fermato: «Troia lo dici a tua sorella e, se me lo ripeti ancora, me ne vado immediatamente».

Insomma, impari una cosa, ma vale solo per la persona con cui l'hai imparata. Le donne sono tutte diverse.

7
Forse l'origine

Possibile che negli appartamenti del mio palazzo ci siano sempre dei lavori da fare? Sembra che esista un DJ dei muratori che li mixa come fossero dei dischi. Sta per finire un appartamento e ne inizia un altro. Durante la settimana non me ne frega molto perché esco a lavorare, ma il sabato no. Il sabato, non è giusto. Quella volta, però, avrei dovuto ringraziarli, visto che dovevo andare a pranzo dai miei e non mi sarei mai svegliato in tempo. La sera precedente avevo avuto una debolezza. Dopo tutti quei giorni a riflettere e a pensare, mi era venuta voglia di farmi una bella nottata di sesso. Sano sesso. La mia debolezza stava dormendo ancora nel letto. Eravamo troppo stanchi. Io per farle capire che non doveva dormire lì, lei per alzarsi e andarsene.

A volte, quando invitavo qualche ragazza a casa e non volevo che si fermasse per la notte, le dicevo che avevo il letto di Cenerentola. Era un matrimoniale, ma dopo mezzanotte diventava una brandina singola.

Avevamo fumato, bevuto e ci eravamo dati una bella "rassettata" agli ormoni. Lei non era proprio bellissima, a essere sinceri, ma sapeva il fatto suo. Mi ha girato come una clessidra. Ricordo che aveva il culo un po' grosso, di quelli che se gli dai una pacca e poi vai in cucina a prendere l'acqua, quando torni il sedere sta ancora tremando. Ma mi ero divertito molto ad affondare le mani in quelle chiappotte.

Il sedere è proprio bello. Dico come forma. Piccolo, grande, sodo o no che sia, è bello anche solo per la forma. Le due chiappe, il taglio, la rotondità della cosa. E poi è bella l'idea che abbiamo un cuscino incorporato per sederci. Vorrei fare un "urrà" per tutti i sederi del mondo.

L'avevo rimorchiata al bar del mio amico Max. Era seduta al bancone a parlare con lui e, avendo questa conoscenza in comune, è stato facile attaccare bottone e decidere poi che la serata sarebbe dovuta finire a casa mia. Non mi ricordo come si chiamava, però. Forse mi ha salvato da una di quelle serate in cui mi sembra di aver trovato sul bancone del bar un avvitatore elettrico. Quelle serate in cui mi pare di avere il braccio avvitato al bancone perché da lì non mi sposto mai e continuo a ordinare finché mi autodistruggo.

La ragazza di cui non mi ricordo il nome era molto brillante e divertente, senza tante stupide falsità comportamentali. Per fortuna non era di quelle fighe di legno che a volte, accarezzandogli le gambe dal basso verso l'alto, pensi che non si siano fatte la ceretta e invece quelle che senti sono schegge.

Comunque, mi sono alzato dal letto, mi sono fatto la doccia e quando sono tornato lei stava finendo di vestirsi. Ribaltava il piumino perché non trovava le mutande. Strano, erano grandi come la mia maglietta! Alla fine le ha trovate. Erano in fondo al letto, tra il lenzuolo e il materasso.

Non ci siamo parlati molto. Mi ha detto che era tardi, ha fatto un commento sui muratori che lavoravano anche di sabato ed è uscita ricordandomi che, se volevo, Max aveva il suo numero. «Ciao, ciao.»

Sono andato dai miei. Non avevo nemmeno fame.

A me sembra che i genitori il sabato e la domenica siano altre persone. Non so come spiegarlo, ma sono diversi. Anche le facce. Come il sole durante la settimana è diverso dal sole della domenica... o no?

I miei genitori erano un altro punto che dovevo affrontare. Mentre continuavo il mio percorso, debolezze a parte, avevo pensato perfino di parlarne con loro. Esporre quello che stavo vivendo in quel periodo. I cambiamenti in atto.

Li osservavo: anche se erano i miei genitori li trovavo così diversi da me. Chissà come li avrei visti nella vita se non fossero stati i miei genitori? Voglio dire: se non fossi nato lì, me li sarei scelti?

Mio padre guardava il telegiornale e commentava tutte le notizie senza speranza per questo mondo: «Chissà dove andremo a finire?». Mia madre era di poche parole.

Il mio lavoro era così lontano da quello che avevano fatto loro che non potevo certo parlarne in casa. Non potevo chiedere consigli quando ero in difficoltà. Che ne sapevano di leasing? Mamma casalinga, papà dipendente comunale.

L'unico consiglio che mi dava mio padre era quello di mettere via i soldi e di non spenderli in cretinate.

Oppure parlava per detti popolari. Per ogni situazione aveva un proverbio.

Come faremo dopo, papà?

«Non fasciamoci la testa prima di essercela rotta.»

«Balleremo la musica che suonano.»

Papà, lo faccio domani perché adesso sono stanco.

«Non rimandare a domani quello che puoi fare oggi.»

«Prima il dovere, poi il piacere.»

Che peccato papà, piove.

«La pioggia fa bene alla campagna.»

Chemmifregaaa, io abito in città! Cazzo!

Mio padre. A volte, pensando a lui, mi veniva in mente quando lo avevo visto piangere il giorno della morte della nonna. Pensando a lui, capivo quanto la sua rigidità e il suo rispetto delle regole gli avessero procurato tanta più silenziosa e soffocata tristezza che gioia. Gioia vera. Spesso, la sua incapacità di essere felice ha condizionato la mia felicità.

Lo guardavo e mi veniva in mente quando da piccolo, sentendolo picchiare il rasoio nel lavandino, correvo in bagno per vederlo. Quanto lo invidiavo. Quanto avrei voluto anch'io avere subito la barba. Quanto avrei voluto essere come lui. E quanto fa male poi, crescendo, scoprire che il tuo eroe è un uomo normale. Anzi, a volte anche un po' sfigato. Di quante cose non ero mai riuscito a parlargli. Ad esempio, del fatto che lui non mi telefonava mai. Mi chiamava sempre mia madre e mi diceva che lui mi salutava. «Ti saluta il papà.»

E se, chiamando io, rispondeva lui, mi passava subito mia madre. E io, invece, magari prima avrei voluto scambiare qualche parola con lui.

Ma quanto era difficile parlare con lui. Con mio padre. Capitava anche che, prima di passarmi mia madre, attaccasse a ricordarmi le scadenze del bollo della macchina, della assicurazione o di qualche cosa inutile per evitare il resto.

Io avrei voluto gridargli quante volte nella vita avevo fatto cose spinto solo dal desiderio di renderlo fiero e orgoglioso di me. Suo figlio. Quante volte avevo cercato la sua attenzione, il suo affetto, una sua semplice parola, o anche solo un'invisibile carezza. E invece alla fine, privato di tutte queste cose, mi rimanevano i litigi come unico momento d'incontro. L'unico scambio. L'unica attenzione.

Era solamente quando facevo dei danni che sembrava ricordarsi di me. Solo allora si ricordava e si rimpossessava del suo ruolo di padre. E anche se si discuteva, anche se c'era una punizione, alla fine per me era meglio che non essere considerato. Non avevo sicuramente il "papà dell'anno", ma almeno in quelle situazioni avevo un padre.

Tanto poi io, tutte quelle sgridate e quelle urla, le inserivo nel mio trasformatore cerebrale, e diventavano frasi come: "Lo fa perché mi vuole bene, perché ci tiene a me". Ultimamente, quando tornavo a casa, osservavo i miei genitori di nascosto, osservavo il tempo che si appoggiava su di loro, che li accarezzava e li cambiava sempre più in fretta. Senza farmi vedere, rubavo con lo sguardo le loro immagini. Rubavo dei piccoli dettagli. Le sopracciglia, le pieghe del collo, la linea del naso, la bocca, i polsi, le mani. Le mani erano i miei furti preferiti. Guardavo quelle piccole macchioline, quei puntini marroni che spuntavano sulle mani di mia madre. Un'altra cosa che facevo e che faccio sempre quando vado dai miei è andare in bagno a pesarmi. La loro bilancia è sempre indietro di quasi due chili e, anche se lo so, mi piace leggere settanta invece che settantadue. Mi sento più magro. Ma questo non c'entra con il discorso che sto facendo.

Mi sono commosso, qualche mese fa, quando ho insegnato ai miei genitori come usare il cellulare. Gli ho dovuto spiegare come si accende, come si inserisce il PIN, come si mettono o si cercano i numeri in memoria, come si manda la chiamata, ma soprattutto come la si chiude. Ho dovuto anche dirgli che non è necessario urlare e che sui messaggini era meglio lasciar perdere perché, se andavamo avanti di quel passo, ci sarebbe voluta una giornata intera.

Ma era già commovente vedere come impugnavano il telefonino. Altra generazione. Non hanno il pollice tuttofare come noi. *Loro hanno avuto una vita tuttofare.*

Li guardavo e capivo che forse non avevo coltivato un rapporto veramente intimo nemmeno con loro. Anche con loro a volte sentivo una leggera distanza. Una mancanza di contatto. Avrei dovuto parlare di più. Invece, quando vivevo lì, dopo cena me ne andavo in camera mia a guardare la tv. La tv, cazzo!

All'inizio, quando ero piccolo, grazie alla televisione stavamo più insieme. Si finiva di mangiare e poi ci si metteva tutti davanti al televisore, genitori, figli, nonni. Me lo ricordo bene. Soprattutto mi ricordo che quando capitavano delle scene in cui qualcuno si baciava o faceva l'amore io mi vergognavo un casino. Davanti a loro ero imbarazzato. Una volta ho detto addirittura: «Giratevi». Smascherando così per sempre la mia vergogna. Il mio disagio.

Poi invece la televisione ci ha diviso. Mille canali, mille possibilità di scelta, mille gusti diversi. Dopo i primi tempi in cui si discuteva: "Voglio vedere questo, voglio vedere quello, no il telegiornale, no i cartoni animati", è arrivato un altro televisore che è finito in camera dei miei. L'anno successivo mia nonna con la sua pensione ha comprato un piccolo apparecchio da tenere in stanza per noi due. Il terzo. Così, dopo cena si poteva assistere al fuggi fuggi generale. Ognuno in un locale diverso. Ognuno davanti al proprio programma preferito. I tempi erano cambiati troppo velocemente perfino per capirli. Così, invece che trovare un punto di incontro, avevamo trovato una fuga in comune.

Mi ricordo che il televisore che aveva comprato mia nonna aveva l'antenna estraibile come quelle delle radio. Più una a cerchio. Quindi, ogni tanto, per vedere bene un canale, bisognava trovare la posizione giusta. Muovevo un po' il carrello avanti e indietro, poi facevo girare l'antenna. A volte, se stavo vicino alla tv, si vedeva, poi mi spostavo e si vedeva di nuovo male. Sarei dovuto stare in piedi incollato al televisore invece che a letto, allora cercavo delle soluzioni alternative. Appendevo le calze o il maglione all'antenna. Dopo un po' di tempo, con mia nonna avevo inventato dei marchingegni talmente elaborati che spesso delle scuole organizzavano gite per venirli a vedere. Altro che gita alla centrale del latte. Altro che Assisi-Gubbio-Todi. Tutti a vedere: *Mirabolanti ingegni antennistici.*

Così, stando ognuno davanti al proprio televisore, sono sparite anche frasi tipo "sei bello ma non trasparente" che di solito si diceva a chi distrattamente si metteva davanti alla tv.

Una cosa che non ho mai capito di mia nonna è che a volte si addormentava davanti alla televisione e, se le dicevo: «Nonna, stai dormendo?» lei rispondeva: «No! Ho chiuso solo un attimo gli occhi».

Ecco, non ho mai capito perché non volesse ammettere che stava dormendo. Sembrava quasi si vergognasse. Boh!

Un'altra cosa che rendeva i miei genitori marziani ai miei occhi era il loro amore. Il loro amore che durava. E per me spesso era *destabilizzante.* Io che ho avuto perfino relazioni che sono durate una scatola di preservativi. Da dodici, non da ventiquattro. Una volta sono andato a casa di una ragazza. Prima mi sono fermato a comprare i preservativi. Quando abbiamo finito, li ho lasciati lì dicendo che era inutile che me li portassi ogni volta. E per essere sicuro che non li avrebbe usati con altri, li ho numerati con un pennarello nero. Chiaramente scherzavo.

Sarà stata una coincidenza, ma dopo aver usato l'ultimo non ci siamo più visti. Chissà se, quando le ho detto che non volevo più investire in quella storia, lei ha pensato: "Investire? Nel senso di comprare una scatola nuova?". Boh. Era durata troppo poco la storia per capire cosa potesse pensare. Fortuna che si chiamavano Durex.

Il rapporto d'amore tra i miei durava da più di trent'anni. Pensate che scatola avrebbe dovuto avere mio padre. Anche se ogni tanto avevano delle piccole discussioni, erano inseparabili. Il litigio più frequente da quando ero nato era quello sulle dosi di cibo nel piatto di mio padre. Lui diceva basta e lei gliene metteva ancora un cucchiaio. Non cambiava molto ma era sufficiente per fare nascere la discussione. «Ho detto basta. Perché me ne devi mettere ancora?»

«Dài, così la finisci, non mi farai lasciare lì la padella per un cucchiaio?»

Pensando a quei litigi, mi facevano simpatia. E ancora di più, vedendo che il mio parere aveva il suo peso, muoveva l'ago della bilancia. Insomma, mi guardavano e cercavano un consenso. E io mi sentivo responsabile nel dover prendere le difese di uno dei due. Perché poi non sono mica situazioni che hanno una risposta facile.

«Dài, mamma, ha detto basta. Perché devi dargliene ancora?»

«Dài, papà, per un cucchiaio... non glielo farai buttare via...»

Onestamente suonano tutte e due sensate.

Mia madre cucinava, apparecchiava, serviva e, quando avevamo finito, faceva il caffè a mio padre. Metteva anche lo zucchero, mescolava e, prima di dargli la tazzina, lo assaggiava per vedere se andava bene. Si può quasi dire che è stata, ed è tuttora, devota al marito. Nessuno in casa mia ha mai sentito parlare di maschilismo o di sfruttamento. Non sembra vero a dirsi, ma mia madre è felice di fare tutto ciò.

Mio padre pensava ad altro, e questi ruoli diversi, questi compiti separati hanno funzionato.

Senza aggiungere poi che mia madre si è sposata vergine e mio padre è stato l'unico uomo della sua vita. Vai a trovarla una vergine di ventotto anni adesso. Probabilmente è al circo o in qualche università in un vasetto.

I miei genitori alla mia età avevano già avuto due figli. Alla vita non chiedevano niente più di quello che avevano. Non è che fossero persone particolarmente euforiche, ma tutto sommato stavano bene.

Io non ce l'avrei fatta. Mi capitava che, quando andavo da loro a mangiare la domenica, magari discutevo di cose stupide. Poi, mentre salivo in macchina per tornare a casa, mi sentivo un coglione per aver speso il mio tempo con loro a litigare. Soprattutto con mio padre.

Non avevo mai chiesto a mio padre se era felice e nemmeno a mia madre. Non gli avevo mai chiesto se quello che avevano era esattamente ciò che si aspettavano. Se i loro sogni da ragazzi si erano realizzati, se avevano mai smesso di sognare. Se, potendo tornare indietro, si sarebbero sposati ancora.

Se io li avevo mai resi davvero felici o se li avevo delusi per qualcosa.

Io, i miei genitori, veramente, veramente... non li conoscevo.

8
Pistacchio. Per conoscermi

Mi stavo conoscendo. In realtà, sapevo ancora poco di me. Quando dicevo «io» in quel periodo, facevo fatica a capire a quale "io" stavo pensando. Mi sarei potuto appendere al collo il cartello "Lavori in corso". Se mi avessero chiesto: "Parlami di te", avrei fatto scena muta.

Pian pianino, però, continuavo il mio percorso. La mia ricostruzione. A volte partendo anche dalle piccole cose. Anche da quelle che non avevano grande importanza. Cose pratiche. Cose che davo per scontate. Ad esempio, da piccolo non mi era mai piaciuto il gelato al pistacchio. Mi piacevano crema, bacio, nocciola, fragola, limone, stracciatella, persino puffo, ma pistacchio niente. Lo detestavo. Adesso, invece, il gelato al pistacchio mi piace un casino. Lo prendo quasi sempre.

Ero cambiato. Per anni mi ero riconosciuto in quello che odiava il gusto pistacchio, tanto che se qualcuno chiedeva di me, per essere sicuro di aver capito bene chi fossi, domandava: «Chi? Quello che odia il gelato al pistacchio?». Poi, da grande, un giorno casualmente ho scoperto che mi piaceva. E così è successo per la birra, il vino, l'insalata e la bresaola.

Una sera ero a cena da un amico e sua madre mi ha messo nel piatto della bresaola. Io non avevo il coraggio di dirle che non mi piaceva e così l'ho mangiata. Assaggiandola per la prima volta ho scoperto che era buona. E sinceramente questo un po' mi ha turbato. Come con il pistacchio, stavo perdendo una certezza. Cacchio, non potevo più essere quello che odia il pistacchio. Attraverso il pistacchio un po' mi conoscevo. Ma adesso. Adesso che avevo scoperto che mi piaceva, come potevo togliermi dalla massa, come potevo essere riconoscibile? In che cosa mi identificavo? Come avrei sostituito il tassello che avevo perso?

Non mi è mai piaciuto tanto cambiare. Credo sempre per via di quel trasloco. «Chi lascia la strada vecchia per la nuova sa quello che lascia ma non sa quello che trova» dice il saggio. E anche un po' io.

Infatti avevo lo stesso atteggiamento anche con i miei difetti. Li chiamavo così ma non facevo niente per perderli, per cambiare. Ecco nuovamente il problema dello staccarsi. Io mi riconoscevo nei miei difetti. Erano comunque come pezzi di un puzzle che componevano la mia persona. Mi ci ero pure affezionato. Anzi, a dirla tutta, mi ci ero proprio innamorato.

Forse anche perché i difetti erano spesso le mie difese.

«Io sono fatto così, non ci posso fare niente.»

Quante volte le ho dette quelle parole. Tradotte erano: "Se ti vado bene così, ok. Altrimenti arrivederci".

L'interesse per l'altra persona era decisamente basso. Nessuna possibilità di una trattativa, di venirsi incontro.

Con una frase così il discorso era chiuso in partenza.

Sì, ero quello che rompeva le scatole, però ero io, e alla fine mi piacevo così. Chi sarei diventato senza i miei difetti? Magari uno qualunque. Invece io ero il rompipalle. Sempre meglio che niente. Sempre meglio che indifferente. Senza tralasciare il fatto che a me rompere le palle a volte piaceva proprio. Essere un po' fastidioso, capriccioso come da bambino. Infatti, capitava che, parlando dei miei difetti ad altre persone, mi comparisse sul volto un'aria di compiacimento.

«Io sono un rompipalle, me lo dicono tutti.»

«Sono testardo, lo so.»

«A volte sono insopportabile.»

«Lo so, non ho un carattere facile.»

Tutte frasi che appunto pronunciavo con quell'aria un po' compiaciuta. Quasi con orgoglio.

Il mio nuovo progetto di conoscermi, queste mie scoperte sul pistacchio, la bresaola ecc. mi hanno portato a chiedermi: *quante cose non conosco di me? Quante informazioni sbagliate, convinzioni errate, cambiamenti sconosciuti?*

Voglio dire: se ho scoperto che mi piace la bresaola, chissà magari quante cose importanti non so di me.

Ad esempio, un'altra cosa che non mi era mai piaciuta era la pasta di marzapane. Quella che si trova a Natale e a Carnevale. Ce n'è in tutte le forme, anche a panino con il salame, a castagna, a mela, a pera ecc. Il marzapane mi ha sempre fatto schifo. Per conoscermi, allora ho deciso di andare in un negozio che lo vende tutto l'anno e mi sono comprato una pastina di marzapane a forma di banana. L'ho mangiata e ho scoperto una cosa sensazionale. Il marzapane mi faceva schifo! L'ho sputato nel sacchettino. Puah! Ci sono cose nella vita che non cambiano mai.

Quando scoprivo cose nuove di me, mi veniva da pensare che avrei dovuto avvisare tutti i miei amici. Avvisarli di questo mio cambiamento.

"Ciao, come va? Senti, ti volevo dire che mi piace la bresaola... Cosa? No, non ho fumato."

Magari non proprio in questo modo, ma avevo la sensazione che avrei dovuto aggiornare l'idea che i miei amici avevano di me.

Come quella volta che Valerio mi aveva detto che era diventato vegetariano. «Vegetariano? Ma sei matto... Perché?»

«Be'... Non mi va più di mangiare i cadaveri.»

«Vabbe', ci credo, prova a non chiamarli cadaveri, chiamali salame, pancetta, filetto... cazzo, cadaveri fa schifo.»

«Di fatto lo sono, poi la carne rende aggressivi. E poi pensa alla sofferenza degli animali. Come fai a non capire? Dovresti diventarlo anche tu un...»

«Se la carne rende aggressivi, ringraziamo Dio che Hitler

era vegetariano, e poi per il discorso della sofferenza io già non mangio i funghi.»

«Che cazzo c'entrano i funghi?»

«Be', per non sfrattare i puffi!»

«Mavaffanculo te e i puffi!»

«Certo... vorrei vedere te se sapessi che la tua casa è in un risotto. Come fai a non capire?»

Erano passati parecchi mesi dal giorno in cui ero andato a ritirare le analisi da Giovanni e quel mio nuovo progetto di vita mi occupava molto tempo. La ricerca della felicità.

Conoscermi, capirmi, ascoltarmi. Mi ero praticamente isolato dal mondo. Ma tutto questo non aveva portato grandi successi. Non è che potessi dire di essere felice o sereno. Anzi, spesso ero più ansioso e agitato di prima. Ero sempre più confuso. Avevo imparato una cosa importante ed era che continuavo ad avere le mie paure, ma non avevo più paura di aver paura. Perché era quello che mi aveva sempre bloccato, la paura di aver paura. Molte volte le paure erano anche segno di prudenza. Erano quasi *saggezza*. Mi costringevano a stare attento.

Volevo capire se potevo stare bene. Se potevo liberarmi dalle mie ansie. Volevo sapere dove sarei finito se avessi continuato quel percorso. Volevo capire se era possibile costruire un'alternativa a quella realtà che ormai da troppo tempo non mi faceva essere felice.

Tanto, cosa avevo da perdere?

Più passava il tempo, più cose imparavo su di me. Ma soprattutto imparavo a volermi bene.

Mi stavo affezionando a me stesso. E questo nuovo sentimento nei miei confronti mi spingeva anche a fare cose stupidissime. Proprio come quando si va in giro a fare le bischerate con gli amici. Stavo vivendo una nuova adolescenza. Sarei andato tranquillamente con me stesso a suonare i campanelli e poi sarei scappato. Perché era quello il nuovo sentimento: voglia di scherzare e giocare con me.

Una sera mi sono messo davanti allo specchio e mi sono

fissato per un po'. Poi, usando tutti i muscoli del viso, ho fatto una serie di smorfie e di espressioni. Facce strane: buono, cattivo, triste, felice. Poi mi sono guardato dritto negli occhi. E a un certo punto mi sono detto: «Ti voglio bene».

Cazzo... sono scoppiato a ridere come un deficiente. E infatti mi sono ridetto subito: «Mavaffanculo!».

Poi ci ho riprovato e sono arrivato a dirmi che mi amavo. «TI AMO, CAZZO! TI AMO, TI AMO, TI A-MO! E A TE DA ADESSO IN POI CI PENSO IO, NON TI PREOCCUPARE!»

Nel pronunciare ad alta voce queste parole, mi è venuto da ridere, perché la cosa strana è che per un attimo ho provato un po' di imbarazzo. Come se lo stessi dicendo a un'altra persona. Come se fossi a un primo appuntamento con qualcuno. Mi guardavo e poi abbassavo un po' lo sguardo, imbarazzato, vergognoso. Eppure ero io.

Che emozione aver vergogna di se stessi. Che stranezza.

Alla fine, però, mi ero simpatico. Mi ero simpatico perché io, quello lì nello specchio, lo sapevo cosa aveva passato nella vita. Sofferenze, dolori, pianti, silenzi, gioie, risate. E anche se non era perfetto, non potevo che volergli bene, tutto sommato.

"Cosa hai dovuto sopportare a volte..."

Chiaramente non ho detto niente a nessuno, perché mi avrebbero dato dell'egoista, del narciso e dell'egocentrico. Non ultimo, del pazzo.

Forse avrebbero anche avuto ragione, ma io mi stavo divertendo. Molto più che a uscire a cena con gli amici. La mia compagnia mi piaceva. Il viaggio alla scoperta di me stesso era diventato un gioco divertente. Incontrarmi veramente per la prima volta. Mi ascoltavo e mi parlavo. Più giocavo dentro di me, più avevo l'impressione che quel gioco fosse infinito. Mi sentivo infinito. Un pozzo senza fondo. Un universo.

Questo amico ritrovato non mi faceva mai sentire solo. Anzi, mi faceva sentire parte di qualcosa di più grande. La solitudine aveva preso un significato diverso. Non mi spaventava più. E il non temere la solitudine aveva dato una svolta decisiva alla mia vita. Una svolta che mi piaceva.

Era come se il fuoco di quella nuova speranza avesse acceso un'enorme candela nella cui fiamma rivedevo la mia vita. Ho avuto persino paura di essere a un passo dalla paranoia. Nel vero senso della parola. Invece, è stato proprio in quel periodo che è accaduto il miracolo. Infatti, per la prima volta, stavo rendendomi conto della distanza che gli altri avevano creato tra me stesso e il mio vero me. Chiaramente con la mia complicità. Ed era in quella distanza, in quel territorio che nascevano le mie ansie.

In quei giorni mi sono incontrato. Sentivo come una voce dentro che mi parlava. Mi parlava quando io stavo zitto. In silenzio. Che emozione ho provato quando ho sentito per la prima volta quella connessione. Alla fine ho pianto. Era tanto che non lo facevo. Anche se mi impegnavo e mi sforzavo, non ci riuscivo. Le lacrime non conoscevano da troppo tempo la forma delle mie guance, la linea del mio viso, la luce del difuori. Silenziose per natura, arrivate agli occhi cadevano all'indietro giù fino in fondo al cuore che sempre più faticava a galleggiare. Mi ero ricongiunto alla mia gioia, finalmente.

Quella scoperta, quel miracolo aveva cambiato totalmente la mia dimensione. Dall'incontro con me stesso per la prima volta avevo capito da dove venivano tutte le domande che mi assalivano la notte, le ansie, le paure.

Io, l'io vero era come chiuso dentro un sarcofago. Ecco perché mi veniva da soffocare. Ecco perché avrei voluto strapparmi la pelle di dosso. Perché ero legato, bloccato, ingabbiato dentro di me. Come in quei film in cui nella testa del robot c'è un omino che lo guida.

Quella voce dentro di me, che ero io, voleva essere ascoltata e voleva che i suoi desideri e bisogni fossero soddisfatti. Voleva essere amata. Amata da me. Voleva semplicemente vivere.

Non stavo vivendo veramente la mia vita. Che era poi il motivo per cui ero nato, per cui c'ero anch'io su questo pianeta.

L'idea errata che avevo di me, invece, mi spingeva automaticamente a rispondere a desideri e a necessità che in realtà non erano miei. E quindi dentro sentivo le lamentele di un affamato. Ero arrivato al punto di esprimere chi ero con ciò che consumavo e compravo. Le mie scarpe, la mia macchina, le mie vacanze, i locali che frequentavo, il telefonino che sceglievo, l'arredamento di casa. Tutto diventava me. Tutto mi determinava. Tutto mi qualificava. Quelle cose dicevano chi ero.

Inseguivo quello che credevo di volere e non quello di cui avevo veramente bisogno. Così, mi sono trovato ad avere quasi tutto tranne ciò che mi serviva per stare bene.

Avevo bisogno più di accarezzarmi che di masturbarmi. E così ho fatto.

Per anni avevo vissuto seguendo quello che non ero. Così mi sono trovato sommerso da una stratificazione di falsità. Di dati errati. Ma con quella dichiarazione d'amore avevo imparato che non potevo più fare a meno di me stesso se volevo veramente incontrare gli altri. Incontrare la vita. Avevo capito che rinunciare a se stessi, non amarsi è come sbagliare a chiudere il primo bottone della camicia. Tutti gli altri poi sono sbagliati di conseguenza. Amarsi è l'unica certezza per riuscire ad amare davvero gli altri.

E io non volevo stare solo.

Quella nuova dimensione, quel nuovo punto di vista, quella scoperta di una persona diversa dentro di me mi ha fatto cambiare l'idea su tutti. Perché se l'avevo trovata in me, se c'era, allora c'era anche negli altri.

Se però davanti allo specchio mi ero detto: "Io, quello lì, lo so cosa ha passato", non potevo ancora dirlo degli altri. Ma se fossi andato nel profondo anche con loro, avrei trovato degli esseri umani. Perché tutti avevano quella persona dentro. E tutti, chi più chi meno, la tenevano in gabbia. Ho iniziato a parlare con la gente rivolgendomi più che altro alla persona che portavano dentro. Un trip pazzesco. Il gioco si faceva sempre più affascinante, più coinvolgente. Meglio delle droghe. E, anche se stavo impazzendo, mi stavo divertendo un casino.

Ma come potevo incontrare qualcuno e conoscerlo davvero

se non sapevo neppure chi ero io? Come potevo donarmi a un'altra persona se non sapevo nulla di me? Sarebbe stato come regalare un libro che non avevo letto. Che senso ha?

Per anni avevo tenuto un piede su ciò che ero e uno su ciò che pensavo di essere. Era stato come posarne uno su una barca e uno sul pontile. Visto che la barca ormai era in partenza, se non volevo finire in acqua dovevo decidere se rimanere sul pontile o salpare e scoprire la verità. Ma ormai non ero più libero di scegliere. Potevo solo continuare.

9
Fortuna che mi sono accorto

Un giorno, mentre ero seduto in metropolitana, ho fatto un gioco. Tenevo la testa bassa e osservavo le scarpe di quelli che salivano e che scendevano. Cercavo di capire che persone potessero essere quelle che le indossavano.

Un'amica una volta mi aveva detto che dalle scarpe e dall'orologio si può capire una persona. Che tristezza. Quando la metropolitana si è fermata, sono salite quattro zampe di cane e due stivali un po' vecchi. La persona che li indossava si è seduta vicino a me.

Il cane si è sdraiato, così ho potuto vedere di che razza fosse. Sembrava uno di quelli che tirano le slitte, ma era un po' strano. Probabilmente un incrocio. Riuscito anche un po' male. Infatti più che un husky era un'huskifezza.

Ma faceva tenerezza.

Il suo padrone aveva il walkman a tutto volume. Si sentiva la musica che usciva dalle cuffiette. Ho cercato di sentire che canzone fosse. Sicuramente rock. Ma non capivo se era un pezzo nuovo o vecchio. Avrei voluto chiederglielo, ma ho lasciato perdere.

Poi l'ho beccata. Era *Magic Bus* degli Who. Doveva essere un nostalgico. Stivali vecchi e disco del 1968.

Sulla canzone niente in contrario, anzi... ma quegli stivali avevano veramente bisogno di un turno di riposo. Ma lo capivo il rocker. Anch'io avevo le mie cose da cui non volevo staccarmi. Una felpa blu che portavo da più di dieci anni. Un paio di magliette da mettere d'estate, e una cuffia di lana che tutti mi dicevano che era bruttissima ma che io amavo. Avevo l'armadio pieno di vestiti, ma alla fine usavo sempre le stesse due cose. Non volevo e non riuscivo a cambiare. L'ho già detto. Se proprio dovevo cambiare qualcosa, allora volevo cambiare il mondo.

Il solito modesto. Ma è vero. In realtà, c'è stato un periodo intorno ai vent'anni in cui, anche se non riuscivo a cambiare nemmeno una felpa o un paio di scarpe, avrei voluto cambiare il mondo. Ero posseduto da un senso di giustizia che mi devastava l'anima. Sentivo che volevo essere diverso da quelli lì. Quelli lì che non saprei nemmeno spiegarvi chi fossero. Sentivo che non volevo scendere a patti con il mondo. Con la sua imperfezione. Come se io non ne facessi parte.

Avevo preso una frase del *Cyrano* come punto di riferimento: "No al patteggiamento, libero nel pensiero e nel comportamento".

Questo giudizio così rigido mi creava anche delle frustrazioni profonde. Sapevo cosa ritenevo ingiusto, ma non sapevo da dove iniziare il cambiamento. Non avevo un'alternativa pratica valida, nemmeno le capacità probabilmente, e questo mi creava insoddisfazione. Non riuscivo a esprimere quel mio sentimento che ritenevo invece molto facile da comprendere. Ma non sarei mai stato capace di scriverlo su un foglio. Non so come dire, era un po' quello che mia nonna chiamava "buonsenso". Un po' di quel che ci vuole. Era lì, sospeso nell'aria, quello che intendevo.

A volte quei miei ragionamenti partivano quando vedevo una serratura o un lucchetto. Nel mio mondo ideale infatti non c'erano serrature, chiavi, lucchetti, catene ecc.

Perché uno deve chiudere la bici o il motorino o la casa? Da quelle riflessioni elementari cominciavo a farmi dei film. Mi guardavo intorno e vedevo ingiustizie, parole e discorsi inutili, mancanza di rispetto verso tutti e tutto. E pensavo stupidamente di essere diverso e anche un po' migliore.

Presuntuoso. Forse non volevo neppure cambiare il mondo per un senso di giustizia. Forse mi ero soltanto stancato di abitare con i miei genitori. Magari volevo solo uscire da quel modo di vivere che mi dava un senso di inutilità. Mi sentivo inutile. E mi disturbava il fatto che, senza di me, questo mondo sarebbe andato avanti ugualmente. Non è un caso che la voglia di cambiare il mondo mi sia venuta proprio quando ho maturato la consapevolezza del mio futuro. L'idea che sarei comunque entrato nel meccanismo che mi avrebbe reso simile ai miei genitori, che nemmeno io avevo una via di scampo. Essermi reso conto che nemmeno io potevo astenermi o salvarmi dal dover tirare il carretto tutta la vita in attesa della pensione mi aveva fatto rifugiare nella voglia di cambiare il mondo.

Volevo cambiare il mondo e alla fine ero cambiato io.

Ho cercato di capire solamente quando era avvenuto il baratto. Dov'ero il giorno in cui avevo negoziato tutte quelle romantiche ideologie in cambio di ciò che avevo adesso. Me lo chiedevo perché non me lo ricordavo davvero quel mercatino. Quel compra e vendi.

Forse perché ci sono entrato un po' alla volta. Forse perché ho avuto la presunzione di pensare di poter entrare in acqua senza bagnarmi. E così, lentamente, giorno dopo giorno, ho fallito e sono caduto nella rete anch'io. Di fatto, da circa dieci anni ogni mattina mi svegliavo, salivo in macchina e, combattendo contro tutti e contro il tempo, correvo al mio posto di lavoro. La cosa assurda è che non è che mi venivano a svegliare e a frustate mi mandavano al lavoro. No! Mi avevano addomesticato. Al lavoro, con la paura perfino di arrivare in ritardo, ci andavo da solo. E così ero arrivato al punto di iniziare le giornate con la speranza che arrivasse presto il venerdì. Perché non c'era niente di peggio di una vita senza una vita. La vita la incontravo solamente nei finesettimana. I lunedì, infatti, li odiavo perché erano lontani dalla fine. Che schifo! Speravo che il tempo passasse velocemente. Proprio come un carcerato. Mentre se fossi stato una persona sana, avrei dovuto vivere sperando che il tempo passasse lentamente e mi facesse invecchiare il più tardi possibile.

Quanto è assurdo tutto ciò? Come si può pensare a una cosa così tremenda? Quanto dovevo star male per sperare in questo?

I lunedì, i martedì, i mercoledì... erano ostacoli. Nemmeno per fare l'amore mi sarei svegliato ogni mattina così presto, affrontando tutto quel casino. Eppure per il lavoro lo facevo. Un lavoro che ormai, fra l'altro, non amavo più da anni. Ma siccome lo facevano tutti e lo avevo sempre visto fare, lo accettavo senza nemmeno prendere in considerazione questi ragionamenti.

Il mio lavoro mi rendeva uguale a tutti gli altri. Non mi permetteva di esprimermi. Ero sostituibile come un bullone di una macchina, e questo condizionava tutti i miei rapporti. Perché poi la sera, quando tornavo a casa, avevo voglia di stare con una persona che mi avesse scelto. Volevo essere SCEL-TO! Volevo una persona che voleva me. Una persona per la quale io non potevo essere sostituito da un giorno con l'altro. Una persona che mi facesse sentire speciale. Diverso da tutti. Un individuo. Una persona. Un principe azzurro. Come quando ero piccolo e per la mia mamma io ero io. Il suo bambino.

Una persona a cui, se morivo, dispiaceva. Infatti, quando a volte mi stancavo di una ragazza e la lasciavo, se vedevo che lei non soffriva veramente ci rimanevo male.

"Cazzo... ti lascio e non ti disperi?"

Così, nei rapporti di coppia finiva che ci mettevo molto più che semplice amore. I miei rapporti avevano un significato più importante. Vivevano una pressione maggiore e soffocante. Le mie storie, spesso, anziché essere un incontro dove ognuno portava il proprio amore per il mondo, diventavano delle isole felici dove curare, medicare e guarire le ferite del giorno.

Perché io, il mondo, non lo amavo. Lo subivo.

Quanto ero veramente libero di amare?

La mattina, ultimamente, mentre ero nel traffico, guardavo le persone nelle altre macchine e mi chiedevo quante di loro fossero felici. Entravo in un bar o in metropolitana, le guardavo e cercavo la felicità. Se mi fossi basato sulle espressioni delle facce, avrei detto poche. Ma come si fa a sapere? Solamente perché non lo ero io, non voleva dire che non lo fossero nemmeno loro.

"Ma io sono un essere umano" mi ripetevo. Pensieri, bellezza, passione, sentimenti, emozioni: tutto questo lo dovevo spesso reprimere perché non avevo tempo. Era come prendere un uccellino che può cantare e volare e fargli arare un campo come fosse un bue. Ci credo che avevo le ansie. Penso alla somma delle ore della mia vita spese in quell'ufficio e di quelle spese nel tragitto per arrivarci e tornare a casa. Mi vengono in mente i giorni interi che ho passato sui libri per preparare un esame all'università che adesso nemmeno ricordo. Sarà servito a qualcosa? Me lo auguro, visto che erano giorni della mia vita.

Mi sono fermato a riflettere. Tutte queste cose mi hanno fatto sentire nuovamente angosciato. Quanto mi sconvolgeva ogni volta conoscere la mia situazione di fronte al mondo. Nei rapporti di coppia, con gli amici, con il lavoro, con me stesso.

Ogni scoperta mi riportava a un pensiero già fatto. Affrontavo tutto e lo distruggevo. Come grandi palazzi li abbattevo. Mettevo dinamite ovunque. La legavo a tutte le mie colonne portanti e le buttavo giù. Più scavavo, più soffrivo. Più ero cosciente, più mi convincevo che non c'era una soluzione.

Spesso dicevo che la vita era uno schifo. Anche quella frase mi stava fregando, perché avrei dovuto dire: "La mia vita è uno schifo". Allora, magari avrei iniziato a chiedermi se potevo fare qualcosa per cambiarla. Se era tutta colpa del destino, del caso, della sfortuna, o se invece anch'io ne ero colpevole. Perché dire che la vita fa schifo è come dire che non c'è niente che si possa fare. Che bisogna accettarlo come un dato di fatto imprescindibile.

Fortuna che poi ho cambiato idea.

Fortuna che ho capito che la mia vita ha un valore e quel valore glielo do io con le mie scelte e con il coraggio delle mie decisioni. Ho imparato a pormi una domanda ogni sera prima di addormentarmi: *cosa hai fatto oggi per realizzare il tuo sogno, la tua libertà?*

Alla seconda sera in cui mi sono risposto: "Niente", ho capito quanto in fondo una parte del problema fossi io.

Quindi, o smettevo di lamentarmi o iniziavo a darmi da fare.

"Il sapere dà dolore, il dolore dà sapere" avevo letto un giorno su un libro. Quelle angosce sembravano i dolori fisici che provi quando ti svegli dopo che hai dormito per troppo tempo. Mi stavo svegliando da un lungo sonno.

Prima di decidere di prendere in mano la situazione e tentare di cambiare, la cosa che mi aveva sempre fregato era il pensiero che non ci fosse un'alternativa al fatto di dover lavorare tutto il giorno. Quando mi lamentavo trovavo subito qualcuno che cercava di screditarmi oppure mi diceva: «Tu sei fuori, fai un bel lavoro, guadagni anche bene... allora, cosa dovrebbero dire quelli che faticano veramente e alla fine del mese prendono anche meno? Dovresti provare ad andare ad asfaltare le strade ad agosto... altro che lamentarsi!».

Quella dell'asfaltare le strade, fra l'altro, la sento da quando ero piccolo. Tanto è vero che, ancora adesso, quando mi capita di vederli d'estate, dico sempre: «Poverini... chissà che caldo... dev'essere veramente una cosa dura». Vengono subito dopo quelli che lavorano in miniera. Quelli delle miniere sono irraggiungibili. Primi in classifica da sempre.

Questo mi fregava. Non poter esternare il mio malcontento interiore. Perché a me dispiaceva anche che ci fosse gente in miniera o senza casa e tutto il resto. Ma io dovevo relazionarmi alla mia di vita. Alla mia realtà. Anche se avevo una casa, un lavoro, una famiglia, una macchina, non ero felice. Sarò stato un ingrato, uno incapace di star bene, un insensibile, ma di fatto non ero felice. Eppure alla fine mi convincevano e finiva che mi dicevo anch'io quelle frasi tipo: "Cosa mi sono messo in mente? Come faccio a lamentarmi?". E per un po', per qualche tempo tutto tornava normale. Sembrava solo che avessi avuto come degli strani colpi di testa.

"... sai sono fatto così... ogni tanto mi lamento... non mi accontento mai..."

Cazzo. Non erano colpi di testa, erano colpi di lucidità.

Del resto, il fatto di non affrontare mai quel discorso non era altro che un segno di consapevolezza.

Così, per anni mi avevano convinto che non c'era alternativa. Altrimenti come avrei potuto sottopormi a questo calvario? Nemmeno il part-time riuscivo a prendere in considerazione, perché quello che guadagnavo mi serviva. Era fondamentale. Si possono fare grandi discorsi romantici sulla vita, ma poi alla fine i soldi sono importanti. Siamo realistici. Queste due parole le dicevo spesso: «Siamo realistici».

Alla fine non ero felicissimo, ma avevo anche i miei antidolorifici. Avevo la macchina, facevo l'amore, andavo in vacanza venti giorni l'anno, mi facevo le canne e non avevo ancora vissuto la tragedia che da anni aspettavo. Nel senso che il mio lavoro non lo amavo e lo sapevo, ma era anche vero, però, che grazie allo stipendio alla fine del mese mi compravo quello che volevo.

"... e non è poco..." mi sono sempre ripetuto.

Questo era sicuramente uno dei motivi per cui non era facile mollare. Non era facile cambiare.

In più: «Se hai un lavoro, tienitelo stretto...». Quante volte avevo sentito dire anche questa frase. Bisognava avere un posto e avere anche un po' il timore di perderlo.

Lavorare tutto il giorno e sentirsi fortunati. Wow!

C'erano anche dei giorni in cui mi sentivo felice. Anzi, posso dire che lo sono stato. Passavo improvvisamente da un umore triste, brutto, a uno euforico, di gioia. C'erano giorni in cui mi svegliavo felice, poi magari diventavo triste poi, dopo un po', ero ancora felice. Ero lunatico, meteoropatico. Era come se passassi dal bagno con il mal di pancia a un salone da ballo bellissimo con luci stupende e iniziassi a danzare. Il problema era che sia il bagno che il salone da ballo erano sul

Titanic. Felice, triste, felice, triste. Ma il risultato non cambiava. Ridendo e piangendo, sprofondavo comunque nell'esistenza giorno dopo giorno. E quando qualcuno cercava di svegliarmi, rispondevo: «Ma cosa dici? Tutto sommato posso uscire a guardare il mare o posso stare al bar a bere o andarmene in cabina a dormire... di cosa devo lamentarmi?». TI-TA-NIC!

Fortuna che non essere felice a un certo punto era diventato finalmente un buon motivo per tentare. Per tentare di cambiare. Se lo avessi saputo prima, cacchio! Quella presa di coscienza non aveva cambiato la mia condizione, ma mi aveva fatto progettare la mia libertà e quel progetto mi faceva già vivere un sentimento che alleggeriva tutto.

Ho iniziato con il part-time. Era un piccolo passo, ma per cominciare andava più che bene.

Adesso posso dirlo: è stata una grande decisione. Tutte quelle paure che in passato mi avevano bloccato non esistevano più. Perché è cambiato tutto. E con un nuovo punto di vista ho imparato cose che prima non riuscivo nemmeno a immaginare.

Cambiando gioco, sono cambiate anche le regole.

Mi sono trovato con meno soldi da spendere e certe cose non potevo più comprarmele, ma ero più felice. E tutte quelle cose che mi compravo prima, in realtà non mi servivano più. Forse perché molte le compravo per consolarmi, per premiarmi, per anestetizzare la mia frustrazione. Era quello stile di vita ossessionante che mi spingeva ad acquistarle. Perfino di bolletta telefonica ho iniziato a pagare meno. Imparando a stare solo, a essere felice, telefonavo meno. Non sono sicuro, magari era stata solo una coincidenza, comunque, più ero felice, meno spendevo.

Facevo un lavoro che non mi piaceva per potermi permettere delle cose che compravo perché facevo un lavoro che non mi piaceva. Ero come l'ubriacone del *Piccolo principe* che beve per dimenticare che è un ubriacone. Io ero uguale, un cane che si morde la coda.

E non l'avrei pensato, non l'avrei mai capito e neppure ci

avrei mai creduto se non mi fosse successo personalmente. Ogni volta che qualcuno me ne aveva parlato, avevo sempre risposto: «Fai presto tu a dirlo, io non ho la tua fortuna...». E avevo liquidato la cosa.

Avevo tempo per me e all'inizio la cosa mi spiazzava anche un po' perché non ero più abituato e non sapevo come riempirlo. Mi capitava già prima in alcune domeniche o durante certe feste. Non sapevo cosa farne del tempo. Cosa fare con me stesso.

Così, piano piano ho imparato a gestire la mia vita in maniera diversa.

Leggevo. In quel periodo leggevo parecchio. Erano anni che alla domanda: «Leggi?», rispondevo: «Magari! Mi piacerebbe, ma non ho mai tempo, però quando posso...».

Ho letto libri meravigliosi.

Passeggiavo. Andavo a pranzo dai miei. Chiacchieravo con loro. Mio padre non sembrava molto contento di quella mia scelta. Poi, un giorno gli ho detto che ero contento di passare più tempo con lui e con mia madre. Da allora non mi ha chiesto più niente. Forse aveva capito. Forse si era arreso. O forse semplicemente non sapeva più che dire. Non è che passavo tutti i pomeriggi con loro, spesso andavo in centro, o me ne stavo a casa a pensare o chiacchieravo con le persone al parco. Anzi, avevo messo su quasi una nuova *cumpa'* di ragazzi con una media d'età intorno ai sessantacinque anni. Perché li trovavo al parco ed erano soprattutto anziani. Erano sempre loro. La media la abbassavano i bambini e le tate. Di solito straniere. Filippine, peruviane.

Guardavo quei bambini con quelle ragazze e pensavo a quanto fosse tremendo tutto ciò. Questo stile di vita che costringeva i bambini a crescere lontano dai genitori, costretti a loro volta a lavorare per potersi permettere un figlio, che però poi facevano fatica a vedere. I più fortunati avevano i nonni. Almeno restava tutto in famiglia. Tutto così ovviamente sbagliato. Perché l'umanità si è arresa a queste cose? Con che forze poi potevano goderseli la sera dopo una giornata di lavoro massacrante, messi nella condizione di ritagliarsi del tempo da dividere tra riposare e stare con loro?

Passeggiavo e riflettevo. Ero lucido. Vedevo tutto così chiaramente. Vedevo gli ingranaggi. Non perché fossi più intelligente o sensibile degli altri. Solamente perché in qualche modo avevo un po' rallentato. Ero un po' sceso dal nastro trasportatore.

E chiunque, scendendo da lì, avrebbe fatto le mie stesse riflessioni. Perché quello era un male comune. Un male di tutti. Un male dell'anima.

Ho provato e sperimentato molte droghe nella mia vita, ma devo dire che la lucidità è la migliore. Guardare, capire, osservare i meccanismi e i comportamenti fino ad arrivare al punto di anticiparne gli effetti. Quella era una grande droga.

Un giorno ho letto un'intervista fatta da due giornalisti a delle persone malate. Persone in fin di vita. Malati terminali. Nessuno di loro rimpiangeva di non avere avuto più denaro o potere, ma tutti rimpiangevano di non aver passato più tempo con le persone a cui avevano voluto bene, e di non aver viaggiato di più alla ricerca di una maggior armonia con la natura e il mondo. Mi aveva ricordato quel detto che ripeteva sempre mio nonno: «... se i giovani sapessero e i vecchi potessero...».

In quel periodo ho fatto anche la tessera per una videoteca e per un cinema d'essai. Ho visto film stupendi di cui nemmeno conoscevo l'esistenza. Semplicemente vivendo ogni giorno mi sono accorto di quante cose mi ero perso, di come ero stato continuamente saccheggiato nella vita.

"... se penso a come ho speso male il mio tempo che non tornerà, non ritornerà più..." dice una canzone cantata da Battiato.

Nel periodo in cui non sapevo come riempire il tempo, provavo anche un fortissimo senso di colpa. Non lavorare tanto le prime volte mi metteva a disagio. Forse perché da piccolo avevo sentivo dire, quando si voleva fare un complimento a qualcuno: «È un gran lavoratore».

Provate a immaginare come potevo sentirmi io che ormai facevo il minimo indispensabile. Fortunatamente avevo imparato a stare da solo, perché altrimenti pomeriggi come quelli mi avrebbero terrorizzato.

Ma quando, nei giorni del mio part-time, arrivava il momento in cui dovevo lavorare, controllare i miei contratti o farne di nuovi, avevo notato che ero più bravo. Lavorare meno mi faceva lavorare meglio.

La felicità mi rendeva più affascinante, più attivo e più produttivo. Ero irresistibile. Stavo bene e probabilmente si sentiva. Il mio stato d'animo era contagioso. Ho scoperto che non era esattamente vero che non mi piaceva il mio lavoro. Ma era stato farlo tutti i giorni per tutte quelle ore che mi aveva portato a non amarlo più. Non era il lavoro in sé, erano i ritmi, la monotonia, la noia della routine. Tutta quella vita che mi rubava. Quindi, il part-time mi ha fatto riscoprire anche il piacere di farlo. Mi piaceva nuovamente il mio lavoro, come ai primi tempi. Tutto quello che facevo lo facevo meglio.

Ma soprattutto vivevo.

Un'abitudine che ho preso in quel periodo è quella di andare in chiesa ogni tanto. Era da molto che non lo facevo. Pensare che da piccolo io e Gesù eravamo stati anche molto amici. In quei miei pomeriggi ho anche cercato di capire come mai mi fossi allontanato così tanto da lui. La chiesa forse aiuta ad avvicinare a Dio alcune persone e ad allontanarne altre. Io facevo parte della seconda categoria. Io adesso, in quelle visite, non andavo a messa o a pregare o a fare cose strane. Rimanevo in silenzio e pensavo. Non solamente a Dio. Pensavo a tutto.

Quando da piccolo andavo a dormire dai nonni, invece dell'orsetto di peluche come tutti, avevo una statua in gesso di Gesù. Me lo ricordo bene perché aveva il cuore che si vedeva. Il sacro cuore di Gesù. Non era molto comodo per dormirci abbracciato: più di una volta girandomi nel letto ho preso delle botte... Soprattutto mi faceva male la sua manina perché era un po' a punta. Comunque, non solo ci dormivo, ma spesso ci giocavo anche. Ero innamorato di Gesù. Mi piaceva un casino con quei capelli, quel vestito rosso e blu, e poi aveva detto che chi voleva entrare nel Regno dei Cieli doveva ritornare bambino. Di solito, eravamo noi bambini che dovevamo diventare grandi, essere come i grandi, imparare dai grandi. Lui invece era stato l'unico che per una volta aveva rovesciato le cose e aveva detto che eravamo l'esempio da seguire. Evvaiiiii!

Una notte, mentre dormivamo insieme, è caduto dal letto e si è decapitato. All'età di circa cinque anni ho decapitato Gesù. È stato un grossissimo trauma. Mi sentivo come Salomè. Quella che aveva chiesto la testa di Giovanni Battista.

Mio nonno lo aveva incollato, ma da allora non ci ho più dormito insieme, lo lasciavo sul comodino. Prima di spegnere la luce, lo baciavo e ci parlavo un po'. Mi sentivo un po' in colpa. Scusa, Gesù. Sapevo che mi aveva perdonato. Del resto, eravamo amici.

Poi, un giorno a catechismo don Livio aveva detto che era diventato prete perché aveva avuto la chiamata. Che chiunque poteva sentire la voce di Dio e che, se la sentiva, doveva farsi prete. DOVEVAAAA??????

Da quel momento il mio rapporto con Gesù è cambiato. Amici, mi andava anche bene, ma io non volevo fare il prete. Ero talmente terrorizzato dal fatto di poter sentire quella voce e dover fare il prete che a volte non rispondevo nemmeno a mio padre quando mi chiamava da un'altra stanza. Prima volevo essere sicuro che fosse lui, perché se fosse stato Dio avrei fatto finta di niente. Anche se una parte di me era curiosa di sapere che voce avesse Dio.

Come quando ho fatto la prima comunione: mi avevano detto di non masticare l'ostia perché dentro c'era il corpo di Cristo. Mi si era appiccicata sul palato e avevo paura che avesse la faccia proprio da quel lato. Temevo di soffocarlo.

Più crescevo, più questo Dio con cui prima giocavo mi faceva paura. Sentivo che mi giudicava. Sembrava che stesse tutto il giorno lì ad aspettare un mio errore per punirmi.

Anche questo nuovo Dio contribuiva a far nascere in me delle paure. Delle ansie.

Adesso Dio è molto più simile a quel Gesù con cui giocavo da piccolo. Credo che non sia più nemmeno una questione di credere o non credere, ma piuttosto di sentire. Pensando a Dio, mi viene in mente mia nonna quando girava per casa cercando gli occhiali. Li aveva in testa.

Purtroppo, però, da bambino il Dio che mi avevano fatto conoscere era una delle cause delle mie ansie, per via di quel forte senso del giudizio che mi sono portato dietro tutta la vita.

Fino a qualche tempo fa entravo in crisi anche quando consegnavo il biglietto del treno al controllore. Nei pochi secondi in cui lo verificava, un po' mi agitavo.

10

Tra dire e stra-fare

Mi capita spesso di essere in giro all'ora di pranzo e di dover quindi mangiare fuori. Magari un panino in un bar. Quando mi succede, essendo molto preciso e regolare di intestino, dopo il caffè devo andare in bagno. Ho proprio lo stimolo a sedermi in un bagno e liberarmi. Non tutti i locali, però, soprattutto i bar, hanno dei bagni adatti. Nel senso che a volte preferisco tenerla e portarmela a casa. Tanto non è che poi mi scappa tutto il giorno. La tengo un po' all'inizio, poi perdo lo stimolo e la sento tornare a momenti intervallati durante la giornata. Quando poi arrivo a casa la sera e vado in bagno, onestamente non è più bello come se fossi andato subito in quel bar, tanto che addirittura a volte devo pure spingere un po', mentre se l'avessi fatta al momento giusto non sarebbe servito. Tutto sarebbe successo con naturalezza.

Secondo me questo accade anche con tutte le grandi decisioni della vita. Ci sono volte in cui non agisci subito e rimandi. Poi, può anche darsi che la cosa si verifichi ugualmente, ma perde di naturalezza. E magari, perché avvenga, devi anche spingere un po'. Ad esempio il matrimonio. C'è un momento in cui senti che dovresti sposarti. Se aspetti che capiti è diverso. Come se quell'aver rimandato diventasse un virus. Come se nascondesse una paura, un'incertezza sull'amore. Ma questo è un altro discorso. In quel momento della mia vita ero in quel bar e avevo appena finito di bere il caffè.

Sentivo lo stimolo. Mi scappava di cambiare. Dovevo agire e così ho fatto.

Devo dire che i primi approcci, i primi tentativi sono stati un vero disastro. Nonostante fossi molto più sereno, ho fatto dei danni incredibili in quel periodo. Il problema era che volevo gridare al mondo le cose che avevo scoperto. Mi era venuta la stupida mania di fare il maestro di vita. Non che lo facessi apposta. Ma lo facevo.

Monopolizzavo la conversazione e, se trovavo di fronte a me una persona poco preparata a ribattere o poco abile nella dialettica, azzardavo e dicevo delle cose che con altri non sarebbero passate. Strabordavo. Ero spinto da un'energia dirompente. Mi sentivo come una bottiglia di spumante che veniva aperta dopo essere stata agitata e sbattuta. Ero un'esplosione. Ero convinto chiaramente di farlo perché volevo bene alle persone.

Con questa scusa pretendevo che loro stessero ad ascoltarmi. Che seguissero i miei discorsi e i miei consigli. Quanto mi vergogno ancora adesso del mio comportamento. Tornavo a casa dopo aver parlato con una persona e mi sentivo in colpa. Stavo male. Mi sentivo come uno che davanti a un malato in ospedale gli avesse detto: "Ciao, tu sei malato, io sto bene".

E poi con che presunzione pensavo che gli altri fossero malati, o prigionieri. In realtà, io ero stato malato e in prigione. Ero io quello che era stato infelice.

Il mondo fuori è sempre stato la proiezione del mio mondo dentro. Per questo sbagliavo.

Ma quando lo facevo ero in buona fede. Non potevo che fare così. Sbagliavo il modo e i tempi. Volevo dare delle carezze, ma siccome non le davo alla giusta velocità diventavano schiaffi. Volevo dividere con gli altri quello che avevo scoperto. Questo era il mio sentimento. Invece, nel mio approccio diventavo presuntuoso. Sembrava volessi imporre le mie idee come uniche e assolute. Sentivo stupidamente di avere la verità in tasca.

Che vergogna.

Scusate, scusate, scusate.

Sarebbe bastato dire quelle cose con affetto, delicatezza, amore. Mettermi comunque in discussione. Invece ho fatto una strage. In poco tempo mi sono reso semplicemente antipatico. Presuntuoso. Arrogante. Ho imparato quanto può essere sbagliato e pericoloso prendersi sul serio.

Come con Flavia. Quanto avevo sbagliato con lei. Vorrei quasi approfittare di queste righe per chiederle scusa. Visto che non l'ho più vista da quando mi ha tolto per sempre il saluto.

Quando l'ho conosciuta al concerto dei Subsonica mi ha colpito subito. Ballava e cantava tutte le canzoni e rollava. Mi sono avvicinato con la scusa di fare due tiri di canna e abbiamo visto il resto del concerto insieme. Alla fine, con le sue amiche siamo andati in una panetteria a mangiare focacce, tortine, pizze e bignè. La fame chimica. Che fosse un tipo tosto lo si capiva subito. Caratterino niente male. Ma era interessante anche per questo. Diciamo che era una che, quando c'era da discutere, tirava fuori i coglioni. Le altre, invece, di solito tiravano fuori i miei. Non che mi desse fastidio, per carità, era per dire.

Abbiamo cominciato a frequentarci. Io ero sereno. Non mi ero fatto nessun viaggio. Mi sarebbe piaciuto un casino innamorarmi. Attraversare quel famoso campo innevato, ma purtroppo non è accaduto.

Era piccolina, con un corpicino sexy. Aveva la pancetta che faceva una piccola curva e, quando portava i pantaloni a vita bassa, era molto eccitante. Una piccola pancetta che veniva voglia di mordere. Infatti, lì ci ho passato molto tempo. Di lei ricordo anche un paio di cose che al momento mi erano sembrate strane. Una era che non diceva: «Ho le mani fredde» o «Mi sudano le mani», ma: «Ho una vasocostrizione periferica». E l'altra era che diceva: «Non posso prendere la pillola perché ho le lenti a contatto».

Pensavo fosse una battuta, invece era vero. La pillola le cambiava la lacrimazione. La rendeva più densa e così non le permetteva di portare le lenti. Non è bella come storia? Io un giorno le ho detto: «Non posso mettere il preservativo perché ho gli occhiali da sole». Non ha riso.

Monica non si fermava a dormire per colpa delle lenti. Flavia non poteva prendere la pillola per colpa delle lenti.

Odio le lenti.

Con lei mi divertivo anche a essere un po' maschilista perché si incazzava un casino. E fare incazzare la gente mi dava un senso di potere. Una volta le ho consigliato di tatuarsi il disegno di un flipper sulla schiena, così quando facevo l'amore da dietro potevo anche simulare una partita. A me sembrava una bella idea. Non ha riso molto e mi ha tirato delle robe addosso. Scherzando. Ma le robe erano vere, però.

Poi sono arrivati i problemi.

Quando l'ho conosciuta mi aveva dato l'idea di essere una ragazza molto libera, senza pregiudizi. Si vestiva anche in modo semplice, quasi trascurato. Uno stile un po' "centro sociale". Sciarpe di lana, capelli sistemati in modo strano. Pantaloni un po' rotti. Tatuaggi. Aveva il piercing sulla lingua.

Mi piaceva molto. Sia lei che il piercing. Poi, però, conoscendola sempre più, notavo che dietro quell'immagine così libera, disinteressata, si nascondeva invece una persona molto rigida.

Una sera era venuto con noi il mio amico Sergio a un concerto in un centro sociale. Lui vestiva sempre, e lo fa tuttora, in giacca e cravatta. E anche quella sera si era presentato così. È stato lì che ho scoperto che non era vero che a quelli del centro sociale e a Flavia non interessasse il modo in cui una persona si veste. Lo hanno guardato come i fighetti in un locale esclusivo guardano quelli che non fanno entrare. Quelli che restano fuori. Quindi tutto ciò che loro criticavano, in realtà lo facevano a loro volta. La differenza era solo una questione di gusto. Non era vero che ci fosse tutta quella libertà. Anzi, c'erano dei codici diversi, ma altrettanto rigidi come nei posti trendy. E chi non rispondeva a quei codici era tagliato fuori.

Flavia quella sera non ha detto niente, ma non abbiamo nemmeno fatto l'amore. Nell'aria tra noi si era rotto qualcosa.

Sinceramente iniziava anche a darmi un po' noia con una serie di rimproveri e lamentele giornaliere su tutto. Capivo, conoscendola, che lei era sempre contro qualcosa o qualcuno. Non era mai a favore di niente. Sembrava che nella vita aspettasse solo che qualcuno facesse qualcosa per poi poterlo giudicare. Si comportava come un virus.

Voleva fare la cantante. La musicista. E criticava tutti. Tutti erano degli sfigati o degli incapaci. O facevano musica schifosa.

Lei invece era una grande artista incompresa. Lei era sensibile e buona in un mondo disumano. Lei non si voleva vendere al sistema. Era come un giocatore che sta a bordo campo a criticare il gioco degli altri, ma che poi non ha mai il coraggio di entrare. Più criticava, più la strada davanti a lei si stringeva. Si chiudeva. Perché, dopo tutte quelle critiche, dopo tutta quella merda buttata sugli altri, lei avrebbe dovuto fare qualcosa di meglio. Di magnifico. Aveva creato delle aspettative. Prima o poi qualcuno avrebbe voluto vedere le carte che aveva in mano.

Un giorno ho fatto il danno. Le ho detto che in realtà era solo una codarda. Che doveva smettere di atteggiarsi. Che il vero artista è una persona coraggiosa. Una persona che unisce la mente e il cuore attraverso qualcosa di concreto. Attraverso un'azione. Una creazione. Che non è vero che gli artisti non sono persone pratiche. Che il fatto che l'artista debba essere per forza strano, distratto, con poca memoria e disordinato era spesso l'idea di chi doveva giustificare un fallimento. Che l'*incompreso* è quasi sempre l'isola felice dei fallimenti. Che probabilmente, pur avendo effettivamente un'intelligenza e una sensibilità notevoli, lei rifiutava il concetto di vincitore. Che preferiva essere in seconda fila a lamentarsi perché questo la faceva sentire meglio. Più buona.

Le ho anche detto che l'unico modo per combattere la musica che odiava era quello di proporne una migliore. Che l'unico modo per migliorare il mondo era quello di fare bene le cose che faceva, quelle in cui credeva.

Proporre un'alternativa valida. Altrimenti tutto quel lamento diventava, più che una denuncia, un capriccio infantile. Un pestare i piedi inutilmente.

Quel giorno, con la mia insensibilità l'ho ferita a morte. Con la mia stupida presunzione le ho fatto del male. Del male vero.

La accusavo di non essere una persona umile e, mentre lo facevo, non lo ero per niente. Ma chi mi credevo di essere? Con che presunzione avevo pensato di prendermi quel ruolo? Fra l'altro, Flavia era talmente intelligente da sapere già tutte quelle cose che le avevo detto.

Non capivo cosa mi stesse succedendo. So solo che, con quel mio modo nuovo di essere, non ero sicuramente migliore. Anzi.

Non solo ero diventato arrogante, ma stavo perfino perdendo l'ironia. E stavo creando il vuoto intorno a me.

Avrei dovuto capire che Flavia era in difficoltà. Avrei dovuto amarla, invece che entrare nella sua vita come un carro armato. Non ho avuto tatto. Non ho avuto sensibilità. Comprensione.

Flavia era come quei tulipani che compro per casa mia. Ho imparato a prenderli chiusi, così mi durano di più. Sono belli ugualmente, ma mi piacciono anche perché so come saranno quando si apriranno. Compro quella bellezza che ancora non si vede, ma che comunque si percepisce. Si conosce.

Flavia era così. Era bella, ma lo sarebbe stata ancora di più se si fosse aperta. Aperta alla vita. Era come quelle donne che per qualche motivo sembra che abbiano perso il loro profumo. Belle da vedere, ma non si sente la loro presenza a occhi chiusi.

E io, se veramente volevo vederla sbocciare, non dovevo comportarmi certo come ho fatto.

Le donne sono come fiori: se cerchi di aprirli con la forza, i petali ti restano in mano e il fiore muore. Perché solamente con il calore si schiudono. E l'amore e la tenerezza insieme sono il sole per una donna. Avrei dovuto semplicemente amarla. Poi sarebbe stato tutto naturale.

Perché una donna, quando si sente amata, si apre e dà tutto il suo mondo. Devo dire che nella vita le donne le ho trattate spesso come fiori, ma più che come il sole sono intervenuto nella loro crescita come il concime. Lo ammetto, sono stato spesso un uomo di merda. Ma le ho comunque aiutate a crescere. O no?

Quante cose si imparano dalle relazioni sbagliate. Almeno tante quante da quelle giuste.

Forse il problema non era capire o far capire, ma era amare. Erano cambiate tante cose, ma non avevo ancora imparato ad amare. Quando guardo un tramonto e mi emoziono, non mi domando a che velocità gira la Terra o a che distanza è il Sole o quanto sono grandi... Amo quel momento. Punto. Non c'è da capire, c'è da amare. Ma io non ne ero capace. Poi con il tempo ho imparato una cosa importante. Cambiare posto al cuore con il cervello. Ho imparato a pensare con il cuore e ad amare con la testa. Pensare con il cuore mi costringeva ad agire con amore. Ogni gesto, ogni azione che nasceva era un gesto d'amore. E ogni cosa da amare facendolo con la testa mi costringeva ad amare nel modo giusto. Prima, invece, tutto quello che amavo lo consumavo, lo bruciavo, lo usavo, lo invadevo. Amavo, ma non lasciavo spazio agli altri. Al loro modo di essere o al loro modo di amare. Li invadevo d'amore senza prendere in considerazione il loro spazio. E così, essendo convinto di amare tanto, mi sembrava che loro non mi amassero abbastanza. Volevo essere amato con la stessa esagerazione. Ma ero io che sbagliavo, anche perché non significa niente amare tanto o amare poco. Si può solo amare o non amare. La frase "l'ho amato tanto" è priva di senso come "è morto tanto", attribuita a una persona che non c'è più.

Amare con la testa non vuol dire essere razionali, ma vuol dire coltivare un'educazione al sentimento che non sarà mai distruttivo. Perché l'amore, quando è distruttivo, non è amore. Quella considerazione, quella scoperta mi ha aiutato ad avvicinarmi agli altri nel modo giusto.

Quel trasloco, quello scambio di posto tra il cuore e il cervello mi ha in qualche modo salvato. Perché fino a quella scoperta avevo dovuto nuovamente isolarmi per evitare di commettere con tutti lo stesso errore che avevo commesso con Flavia.

All'inizio avevo anche avuto una stupida reazione. Pensavo che fossero gli altri a non capire. Era un problema degli altri e non mio.

«... è come dare i savoiardi ai maiali...» ripeteva sempre Luca quando qualcuno non capiva.

Come dire a una pianta che gli uomini camminano. La pianta risponde che è impossibile perché ci sono le radici. Anche perché ci sono cose che non puoi spiegare. Sono cose che puoi capire solo vivendole.

Quando, ad esempio, ti rendi conto che non stai vivendo la tua vita e decidi di sfidare quel destino che non senti più tuo, quel destino segnato che diventa automaticamente ostile, si muove attorno a te una serie di cose invisibili che ti aiutano a cambiarlo. Diventi miracoloso. Diventi magico. Proprietario di un qualcosa di speciale, di potente. Come se quella scelta coraggiosa attivasse una specie di calamita che ognuno di noi ha dentro. Una specie di calamita che attira cose, situazioni e persone utili a realizzare il nostro sogno. Il nostro destino, quello personale che ci appartiene veramente. Mia nonna, quella forza invisibile, la chiamava "divina provvidenza".

Nelle favole si chiama "bacchetta magica".

Ho capito che nella vita devo fare quello che mi spetta, poi il resto si muove di conseguenza, ma il primo passo lo devo fare io. Non sono le cose che vengono verso di me, sono io che devo andare verso di esse.

Un giorno ho incontrato nuovamente Giovanni. Mi ha chiesto come andava e io ho risposto che stavo decisamente meglio con me stesso, ma che avevo avuto qualche problema a relazionarmi con il mondo. Gli ho raccontato le mie ultime scoperte e i miei nuovi ragionamenti. Con lui potevo parlarne. Lui non mi avrebbe preso in giro. Mi ha ascoltato un po' e poi mi ha detto: «Visto che hai fatto un patto d'amore con te stesso, devi anche smettere di fumare. Devi liberarti da questa stupida schiavitù. Credimi, è molto più importante per la tua felicità di quanto tu pensi. Ricordati che fumi perché non sai cosa vuol dire fumare. Perché non conosci niente del tuo corpo e nemmeno quanto il tuo corpo influenzi il tuo pensiero, il tuo sentimento, il tuo modo di percepire il mondo. Non è per paura di un tumore che devi smettere, ma per amore della vita. Per una serie di cose invisibili che perdi e non sai di perdere».

Era serio. Tutto questo non lo aveva detto nel solito modo in cui me lo ero sentito ripetere nella mia vita di fumatore. Era come se mi avesse svelato il segreto del secolo. Invece, lo sapevano tutti che il fumo fa male. All'inizio non ero molto contento di quel consiglio, addirittura non l'ho preso nemmeno in considerazione, tanto che mi sono acceso subito una sigaretta e a casa mi sono fatto un bel cannone. "Per qualche canna o sigaretta cosa vuoi che cambi?"

Mi sono detto.

Qualche giorno dopo, forse anche perché era già da un po' che coltivavo l'idea di non fumare, ho deciso di tentare. Mi sono dato ancora un giorno, e poi: "Domani smetto!".

11
Stop fumare

Smettere di fumare. Di fumare tutto.

Ho guardato il pacchetto di sigarette. Ne avevo dentro ancora sei. Erano poche, ma erano anche tante. E, se da lì a quando le avessi finite, mi fosse passata tutta 'sta convinzione?

Ci avevo già provato altre volte, ma avevo sempre fallito. Ogni volta c'era un buon motivo per ricominciare. Un esame, un concerto, un problema sul lavoro, una litigata d'amore, un tramonto. Questa volta non dovevo assolutamente perdere la concentrazione. Ormai avevo deciso. Volevo smettere. Era già da un po' che ci pensavo. Mi rimanevano ancora sei sigarette e una canna che avevo a casa. Una canna di White Widow. Erano anni che non trovavo una marijuana così buona. Avrei finito comunque con classe. Forse un po' di *charas* non mi sarebbe dispiaciuto, ma non potevo fumarmi tutti i tipi di roba per salutarli. Anche se non sarebbe stata una cattiva idea. Fumare solamente per una volta ancora tutto. Marocchino, nero, *charas,* tutti i tipi di marijuana, polline, oppio... Che meraviglia. Ma torniamo alla realtà.

Durante la giornata ho fumato le sigarette con parsimonia. Con moderata cadenza sparivano dal pacchetto. Ma fumavo solo quelle che valevano. Chiunque fuma sa che molte si fumano così, ma non hanno tutte lo stesso spessore. Non tutte danno la stessa soddisfazione. Addirittura, a volte si beve un caffè per potersi gustare meglio una sigaretta. A volte si fuma perché non si ha niente da fare e magari aspettando qualcosa o qualcuno. Ma ci sono quelle, invece, che si fumano e si gustano veramente.

Quel giorno ho tolto le sigarette inutili. Alla fine mi sono trovato verso le sette che ne avevo ancora due. Le mie ultime due.

"Come le dispongo?" mi chiedevo.

Di solito, a quell'ora, appena finito di lavorare ne fumavo subito una. Era la sigaretta della libera uscita. Quella che consideravo la linea di confine tra l'ufficio e la vita.

Però, poi me ne sarebbe rimasta solo una più una cannetta. Una sicuramente dopo cena. Una a metà serata. Cacchio, non sapevo che fare. Potevo rinunciare a quella di metà serata. Già una piccola vocina dentro mi diceva: "Ma perché devi smettere se ti piace? Lavori tutto il giorno, almeno fumati una sigaretta se ti va".

Ho deciso di fumarmela subito, così potevo iniziare prima la mia battaglia.

L'ho accesa e ho tirato una grande boccata. ODDIOOOO... che figata. Sono rimasto immobile e me la sono gustata fino in fondo senza distrarmi. Era un rapporto sessuale intimo con quella sigaretta.

Me la stavo facendo. Sono arrivato alle caviglie, cioè, volevo dire al filtro, e poi l'ho gettata. Ho guardato nel pacchetto per vedere se l'altra era ancora lì, non si sa mai. Sono salito in macchina e sono tornato a casa. Nel traffico di solito ne partivano altre due, ma quella sera mi sono ciucciato un po' di caramelle. Niente a che vedere con la goduria del fumo.

Entrato in casa, ho acceso lo stereo e ho scelto *After the Gold Rush* di Neil Young. Ho aperto una birra e ho iniziato a cucinarmi del riso Basmati con le verdurine.

C'era il profumo del riso, delle verdure che stavano soffriggendo con una spruzzata di salsa di soia e un pochino di zenzero, Neil Young e la birra. Tutto era perfetto. Mancava solo una sigaretta.

Come fa la gente a non fumare? Come fa a perdersi questi momenti indimenticabili?

Ho guardato la mia ultima sigaretta.

"Aspetto, la fumo, aspetto, la fumo, asp... LA FUMO!"

La situazione lo richiedeva.

Ho spento la fiamma sia sotto il riso che sotto le verdure, ho preso la birra e mi sono messo sul divano a fumare. Tiro, sorso. Tiro, sorso. Tiro, tiro, sorso.

"Magari ne fumo meno. Perché smettere del tutto? Invece di fumarne così tante, fumo solo quelle giuste. Anzi, una dopo pranzo, una dopo cena e una per la sera. Meglio ancora: non fumo più le sigarette, ma le canne sì, ogni tanto, non tutti i giorni, quella della buonanotte..."

Con quei pensieri stavo già scappando. AIUTOOOO! Non ci potevo credere. Stavo fumando per l'ultima volta una sigaretta.

"Sto qui a dannarmi e a faticare... Poi tanto lo so che tra due giorni ricomincio..."

Ho iniziato a pensare alla prima sigaretta. Rubata dal pacchetto di mio nonno e fumata senza aspirare, perché non ero capace, dietro al magazzino degli attrezzi in cortile. Quando poi invece, verso i quindici anni, ho provato ancora e ho aspirato, ho tossito un casino. Poi ho imparato. Quanto non mi piaceva fumare allora. Più tardi, invece, per prendere il vizio, mi sono dovuto mettere d'impegno. Mi faceva schifo fumare, odiavo quel sapore tremendo che mi lasciava in bocca, ma alla fine ce l'ho fatta. Un genio.

Le canne, invece, mi sono piaciute subito. Infatti, all'inizio non avevo il vizio delle sigarette. Mi facevo le canne, ma le sigarette no. E lì sì che ero figo.

Poi, invece, ho preso anche il vizio delle sigarette perché, dopo una canna, me ne accendevo subito una. Avevo notato che, aggiunta alla canna, mi dava una botta maggiore. Serviva da richiamino sullo sballo. Da rinforzino.

Pensando al passato, era finita la mia ultima sigaretta. Non mi rendevo ancora conto di quello che avevo fatto, forse perché l'idea di avere ancora una canna da fumare mi tranquillizzava. Ho cenato, ho preparato il caffè e, mentre lo bevevo, mi sono organizzato per il grande evento.

La cerimonia. L'addio. L'ultima canna.

Chiaramente, non avendo più sigarette, ho deciso di farmene una "no tabacco". Un purino di maria. Un addio da vero signore. Solo White Widow! Con quella marijuana la volta prima avevo visto i dinosauri appesi al soffitto. Che buona.

Dovevo scegliere una canzone da mettere a palla nello stereo come colonna sonora. In memoria di tutto ciò che avevo vissuto in passato con le canne.

Se avessi dovuto scegliere una canzone per fare l'amore, avrei messo l'Intermezzo dalla *Cavalleria rusticana* di Mascagni, per cucinare invece una qualsiasi di Simon and Garfunkel.

Quando ero adolescente e volevo piangere (allora ci riuscivo), una canzone perfetta era *Shine On You Crazy Diamond* dei Pink Floyd. Durava giusto il tempo di un bel pianto. Finivo di piangere e finiva anche la canzone. Anche Birds di Neil Young mi commuoveva, ma durava troppo poco. Finiva mentre stavo ancora piangendo e la canzone dopo rovinava tutto. Come *Alleluya* di Jeff Buckley, bella ma corta. *Shine On You Crazy Diamond* con i suoi tredici minuti era perfetta. Come erano perfette quelle stelle che mi ero appiccicato sul soffitto di camera mia e che si illuminavano quando spegnevo la luce. Così, sdraiato sul letto, ascoltando in cuffia i Pink Floyd e guardando il soffitto stellato, piangevo divinamente.

Trovare una canzone perfetta per l'ultima canna, invece, non era facile. Dopo circa un quarto d'ora erano rimasti questi capolavori finalisti:

Little Wing - Jimi Hendrix
The End - The Doors
Waiting in Vain - Bob Marley & The Wailers
Rock and Roll - Led Zeppelin
I Got the Blues - The Rolling Stones

Perfect Day - Lou Reed
Protection - Massive Attack
Canzone - Vasco Rossi
Last Goodbye - Jeff Buckley
Black Magic Woman - Santana

Non sapevo cosa scegliere. Ho appoggiato sul tavolo della cucina tutti i cd. E, mentre rollavo, guardavo le copertine e cercavo di scegliere. Intanto ho preso l'album «Vado al massimo» dove c'era *Canzone,* traccia numero sette per la precisione, per farmi da pianalino e sbriciolare bene la maria. Si appiccicava molto alle dita. L'ho detto che era buona.

Alla fine ho deciso di sentirle un po' tutte. Ho iniziato con The End dei Doors, versione colonna sonora di *Apocalypse Now.*

Mi sono messo sul divano, ho spento le luci e in cuffia, mentre accendevo il puro di Widow, sono partiti gli effetti che passavano da destra a sinistra della canzone.

Sei minuti fumando in erezione. Cazzo che bella musica. Le cuffie le ho tolte solamente un attimo per sentire un'altra musica meravigliosa che mi aveva spesso accompagnato: lo scoppiettio della ganja quando brucia.

Ho pensato a tutte le volte che avevo fumato nella vita.

Negli ultimi dieci anni non ero mai andato a un concerto senza prima essermi fatto una canna.

Questo valeva anche per il cinema. Prima di dormire la sera. Prima di fare l'amore, dopo aver fatto l'amore. A volte anche durante. O anche durante un rapporto orale: le alzavo la testa tirandole i capelli, le facevo fare un tiro e poi la lasciavo continuare in quell'atto d'amore.

Pensavo a tutti i posti nel mondo dove ero stato e avevo fumato. A tutte le persone che nemmeno conoscevo con cui lo avevo fatto. Persone che non avrei mai più rivisto. Quante albe, quanti tramonti. Quanti paesaggi indimenticabili avevo visto attraverso finestrini di macchine, treni o autobus. Messico, Thailandia, Tibet, Venezuela, Australia, India...

Tutti sempre fumando. Chissà se sarebbero stati belli ugualmente senza l'effetto THC.

E adesso cosa mi avrebbe aspettato da qui in avanti?

Una vita di lucidità. Che orrore.

La canna era finita. E io sono rimasto immobile sul divano.

Sono riuscito giusto a togliere Santana prima che iniziasse *Oyo Como Va*.

Ho messo tutto l'album «Protection» dei Massive Attack.

Sono andato a letto e ho abbandonato il paese di fumatori. La mattina mi sarei svegliato in quello dei non fumatori.

I giorni successivi sono stati una vera battaglia. Stavo fisicamente peggio. Catarro, tosse, infiammazioni. Insomma, uno schifo. Mi svegliavo e tossivo come se avessi fumato il doppio di prima. E poi ero nervoso. Le caramelle non bastavano. Io volevo fumare.

DA-TE-MI-U-NA-SI-GA-RETTAAAAA!... CIUCCIATEVELI VOI 'STI CAZZO DI DOLCETTI! VOGLIO NICOTINA!

Entravo in un bar e ordinavo, oltre al caffè, una camicia di forza. Senza sigarette era sempre molto dura, ma dopo il caffè mi dovevano proprio legare. Diventavo matto. Non ero abituato. Da anni, dopo aver appoggiato la tazzina vuota prendevo il pacchetto di sigarette. Era un gesto automatico.

Stavo impazzendo. Mi analizzavo. Mi osservavo. Non pensavo di esserci dentro così tanto.

Alla seconda settimana pensavo di aver già superato il record. Ma andavo avanti. I giorni passavano. Quando dicevo: «Non fumo più» e mi chiedevano da quanto, rispondevo con orgoglio: «Da un mese». E loro: «Ah, va be', da poco».

Cazzo vuol dire va be' da poco... un mese ti sembra poco? Stronzo.

La mia convinzione cresceva sempre più. Al secondo mese mi sono convinto che avrei smesso davvero. Tanto che ho pensato di potermene fumare una, visto che ormai ce la potevo fare. Fortunatamente non ci sono cascato. Il tentativo precedente di qualche anno prima era crollato così. Questa volta era diverso.

Ero talmente convinto che se mi capitava di sognarmelo mi venivano i sensi di colpa. Quando vedevo fumare una persona, anche solo in televisione o al cinema, mi veniva voglia e faticavo un po'. Ma tenevo duro.

Dopo qualche tempo, invece, l'odore del fumo ha iniziato addirittura a darmi fastidio. Ero diventato come quelli che avevo sempre odiato, che ti dicono: «In macchina non si fuma. Puoi spegnere che mi dà fastidio?».

Quanto mi stavano sulle palle quelli lì. Per questo non dicevo mai di spegnere o di non fumare. Poi, se lo avessi detto a un amico, mi avrebbe mandato a cagare.

Non sopportavo più di stare nei locali pieni di fumo, mi bruciavano gli occhi, mi dava fastidio l'odore. Un giorno sono passato in un vagone per fumatori e mi sono chiesto come avevo fatto prima a resistere in quel posto. Io, qualche mese prima, non l'avrei nemmeno notato quell'odore. Siamo sicuri che era meglio adesso? Quante cose potevo fare prima? In quanti posti potevo stare? Adesso odiavo mangiare dove c'era gente che fumava, mi dava fastidio perfino baciare una ragazza che aveva fumato. Un disastro.

Vedevo certa gente la mattina in macchina con la sigaretta accesa ed ero contento di essere uscito da quel mondo. Ma, finché non lo avevo visto da fuori, non mi ero reso conto di dove fossi.

A un tratto non è stata più una lotta. Veramente non volevo più fumare. Ero certo. Ero sicuro.

Il mio rapporto con me stesso non mi permetteva più di fumare. Non potevo più farmi del male.

Mi ricordo quanto odiavo quelli che mi dicevano di smettere. Ogni volta che ne trovavo uno, mi accendevo subito una sigaretta. Proprio mi invogliavano. Anzi credo che, forse ancora più del caffè, fossero i buoni consigli a farmi venire una voglia irresistibile. Mi sarei fumato una quercia. Quindi, adesso che ho smesso sto zitto e mi faccio i fatti miei.

Ero io che a quel punto della mia storia non potevo più fumare.

Quando ero in difficoltà o quando lavoravo troppo mi prendevo una "pausa sigaretta". Avevo addirittura associato il fumare a un momento di libertà. Invece cambiavo solo padrone.

Probabilmente non sarei mai riuscito a smettere se avessi avuto ancora quelle ansie. Perché soprattutto in quei momenti ne avevo bisogno. Come quando ero nervoso. Agitato. Ne fumavo una e stavo meglio. Mi accarezzavo con le sigarette e nel frattempo zittivo la voce dentro.

Aver smesso di fumare non era molto ma, sommato a tutte le altre forme di schiavitù che stavo superando, era un altro piccolo passo verso la libertà. Perché essere riuscito a smettere comunque mi dava maggior fiducia in me stesso. Mi faceva sentire più forte. Ero più lucido, più reattivo. Io che non avrei mai creduto di riuscirci. Mi ero sottovalutato.

Molte persone in passato, per convincermi a smettere, avevano cercato di spaventarmi dicendomi che rischiavo un tumore ai polmoni. Ma a me: NON-ME-NE-FRE-GA-VA-NIENTEEEEEEE! E me ne accendevo subito una.

Mio nonno aveva fumato per una vita e non gli era venuto. Quindi per smettere non avevo pensato né al monossido di carbonio che ostacola l'azione del cervello e dei muscoli, né al catrame o al polonio 210 che è radioattivo e neppure a tutte quelle sostanze come l'acetone, acido silicico ecc. Erano tutte cose che sapevo perché le avevo lette su un opuscolo, ma non mi convincevano a smettere. Anzi, se tutte quelle sostanze stavano in una sigaretta, allora io le amavo. Erano buonissime. Le volevo.

Lo sapevo che faceva male fumare, come sapevo che sbagliavo a uscire con Monica. Era la stessa cosa. Con Monica dicevo "adesso smetto", come lo dicevo delle sigarette. Ero un tossico.

Altri, per convincermi, la buttavano sull'economico: «Pensa a quanti soldi spendi. Alla fine dell'anno ti pagheresti un viaggio». Nemmeno questo mi fregava.

C'erano poi quelli che mi parlavano dei danni alla pelle,

ai capelli, ai denti... Ma io, sul lato estetico, ribattevo sempre che se avessi smesso sarei ingrassato. E questo mi bastava per continuare.

La cosa che invece mi ha fatto smettere, che mi ha convinto, era ancora quella. La stessa che mi aveva fatto smettere anche di avere le ansie dei rapporti sbagliati con gli altri ecc. Tutto tornava sempre lì: l'incontro con me stesso. Quel patto d'amore. Il bottone giusto della camicia. Mi ha convinto il fatto che non ero più solo.

Non potevo più ragionare come prima. Dentro di me viveva un'altra persona con cui avevo finalmente instaurato un rapporto d'amore. Una persona di cui io avevo la responsabilità. Come fosse un bambino che mi avevano affidato. E io, a questo bambino che avevo dentro, volevo far conoscere le cose belle del mondo. Volevo fargli scoprire la vita. Come potevo proporgli tutto quello schifo?

Se non avevo mai avuto la forza di farlo per me, da quel momento dovevo farlo per lui.

E questa responsabilità, oltre che obbligarmi automaticamente a non fumare, mi condizionava anche per il resto. Selezionavo tutto per il bene nostro. Cose, persone, situazioni.

La mia vita ha fatto un salto di qualità enorme.

Anche solo entrando in ufficio, lo guardavo e mi chiedevo: "Terrei qua mio figlio tutto il giorno?" NO! Allora non va bene nemmeno per me! E iniziavo a cercare una soluzione. «Perché lo schiavo non è chi ha la catena al piede, ma chi non riesce più a immaginare una vita in libertà» come ho sentito dire un giorno da un poeta a un programma radiofonico.

Ho fatto anche un altro ragionamento a proposito del fumo. Se un oggetto a tiratura limitata acquista valore e lo si tratta con cura per paura di rovinarlo o danneggiarlo, una persona come dovrebbe trattarsi? Unica al mondo da sempre e per sempre. Nello spazio e nel tempo.

Io che portavo la macchina a fare la revisione e i controlli. Io che non avrei mai messo lo zucchero nel serbatoio. Eppure fumavo.

Guarito dalle ansie, guarito dalla paura di vivere, a braccetto con me stesso, non potevo che essere a favore della vita.

Ho notato che molti miei amici, quando dicevo che avevo smesso di fumare, soprattutto le canne, mi guardavano come fossi un traditore. Non ho mai sopportato le persone che prima mi giudicavano dal fatto che fumavo. Allo stesso modo, non sopportavo quelli che mi giudicavano perché avevo smesso.

Liberi di fumare o liberi di non fumare, ma liberi.

Non direi mai a nessuno di smettere.

Non penso nemmeno che tutti quelli che fumano lo facciano per procurarsi un piacere, o per calmare o soffocare quella voce, quel sentimento. Questa è la mia storia, il mio motivo. Ero io che più ero nervoso e più fumavo.

Ho iniziato a concepire la vita non come una proprietà, ma come un dono straordinario. Di conseguenza, non mi sentivo padrone del mio corpo ma responsabile. Come se mi avessero affidato a me stesso.

Con il tempo ho cominciato a capire anche a cosa si riferiva Giovanni. Il mio corpo rispondeva in modo diverso e mi dava cose e sensazioni nuove. Chiaramente, non è che a chi non fuma succedano queste cose. Era il mio percorso, la mia ricerca della felicità e della libertà che doveva farmi compiere questo passo.

Era un tassello fondamentale che andava ad aggiungersi nel quadro generale. Percepivo una forza invisibile. Sentivo il flusso vitale, il prana, come lo chiamano gli indiani, e mi sentivo vivo. Vivo veramente.

Sembra stupido da dire, ma per la prima volta mi sono sentito un essere umano. E questo mi ha fatto sentire libero. Non ero figlio, marito, dottore, fratello, amico o altro. Nessun ruolo principale. Essere umano, quindi, come le tartarughe quando escono dal guscio sanno dove andare, così da essere umano sapevo cosa fare. Infatti non ci sono piante ansiose.

Un giorno un amico mi ha offerto una sigaretta e, quando

gli ho risposto che non fumavo più, ha aggiunto: «Ma prendila... tanto prima o poi si muore».

«Hai ragione, magari la prendo dopo» gli ho detto per farla breve. Ma avrei voluto rispondere: "No! Tanto prima o poi si vive".

12

Mani in pasta

Proprio in quel periodo ho deciso anche di provare a cambiare certe cose nel mio lavoro. Siccome da piccolo avrei voluto fare il panettiere, ho pensato di chiedere al mio fornaio se potevo andare una notte da lui a provare. Così, per curiosità.

Nella mia infanzia il pane aveva avuto un ruolo importante. Mi ricordo che mia madre ogni tanto lo faceva in casa. Lei impastava e io, vicino a lei, ne lavoravo un po'. Facevamo le forme, aspettavo impaziente che lievitasse e poi alla fine lo guardavo cambiare colore attraverso il vetro del forno. Era la cosa che mi piaceva di più. Era il mio gioco preferito. E, quando mia madre lo sfornava, la casa si riempiva di un profumo talmente buono, che buono lo diventavo anch'io. In quel profumo non avrei mai potuto piangere, fare capricci o essere triste. Era un profumo che mi incantava, mi accarezzava, mi rendeva felice.

Succedeva più di frequente che lo andassimo a comprare dal panettiere, e io correvo nel laboratorio e guardavo lavorare quegli uomini vestiti di bianco con le ciabatte e le braccia infarinate. Vedevo montagne di pasta, ceste piene di pane, assi di legno cariche di tutte le forme diverse ancora crude, e poi quello che stava davanti al forno lo apriva, mi sollevava e mi faceva guardare dentro. Tante file ordinate come tanti vagoni di un treno di pane.

Tornavo a casa dicendo a mia madre che da grande avrei

fatto il panettiere. Anche lei come mio padre pensava che crescendo avrei cambiato idea. Ma a lei forse sarebbe anche importato meno.

Qualche anno dopo, vedendo che non cambiavo idea, ho detto a mio padre – probabilmente ho scelto la serata sbagliata – che avrei fatto il panettiere. Davvero. La serata, se non era quella sbagliata, lo è diventata di sicuro. Forse mio padre aveva avuto una giornata pesante. Mi ha detto di smetterla con le sciocchezze, che io avrei dovuto studiare, che non conoscevo la vita e che non sapevo di che cosa stavo parlando. Che non avrebbe più voluto affrontare l'argomento e che dovevo fare quello che mi diceva lui finché abitavo sotto quel tetto. Non avendo fatto lui l'università, probabilmente ci teneva molto che la facessi io. La mia laurea era un traguardo più suo che mio. Era elencata nelle sue soddisfazioni. Un figlio laureato era nella sua lista. A volte sembra che la vita di certi figli sia un prolungamento di quella dei genitori. Il figlio perfetto ha queste scadenze: maturità, laurea, lavoro, matrimonio, figli.

Comunque me ne sono andato nella mia cameretta a piangere e quell'argomento non è stato più affrontato. Non ricordo perché ho mollato subito la battaglia. Forse nemmeno io a quel tempo sapevo come realizzare il mio sogno e quindi mi sono convinto che non conoscevo la vita e che mio padre aveva ragione. Forse lì ho messo il primo mattone verso l'infelicità. Ho fatto il primo passo d'allontanamento da me stesso.

Comunque, adesso sono intenzionato a provare o, perlomeno, a giocare un po'. Forse dovrei licenziarmi e andare a lavorare da un fornaio. Se non fosse che ci si deve svegliare troppo presto. Lasciamo stare. Già io, se la mattina mi devo svegliare due ore prima, preparo i vestiti sulla sedia nell'ordine in cui li dovrò indossare. Le calze sopra tutto, le scarpe sotto la sedia. La sveglia presto non fa per me.

Però, com'era bello fare il pane. Vero mamma?

Ormai non potevo certo fingere di non essere quello che ero e iniziare tutto da capo. Non potevo licenziarmi e mettermi a fare il panettiere, però potevo cercare di vedere che sensazione mi dava provarci. Almeno per un giorno. Non c'è mai stato niente nella vita che abbia desiderato di più da mangiare del pane dei cartoni animati. Quei panini di Heidi o di Remì con quel taglio in mezzo mi facevano venire l'acquolina in bocca. Non li ho mai trovati così da nessun panettiere, e sognavo di diventare fornaio per farli uguali. Come erano belli quei panini.

Sono andato dal panettiere vicino a casa. Mi fermavo spesso a chiacchierare con lui. Si chiamava Piero. Era un omino con i lineamenti del viso scolpiti dalla bontà. Di lui si poteva dire a tutti gli effetti che era "buono come il pane".

Con Piero lavorava un altro signore che si chiamava Angelo. Parlava poco e, quando mi fermavo a chiacchierare, mi salutava e continuava a lavorare.

A Piero un giorno ho confidato che da piccolo facevo il pane in casa e sognavo di fare il panettiere da grande. Lui ha commentato che era meglio il mio lavoro. Ho chiacchierato un po' e alla fine gli ho chiesto se una notte potevo andare a fare il pane con lui. Magari un sabato in cui non lavoravo. Mi ha risposto di sì. Il sabato, fra l'altro, facevano il "pane doppio", perché serviva anche per la domenica, e quindi mi avrebbe aspettato volentieri.

«Così vedrà che cambierà idea su questo lavoro... e mi raccomando non venga in... cravatta» mi aveva detto con aria ironica.

Sono uscito dalla panetteria di buon umore, curioso di vedere che effetto mi avrebbe fatto mettere in pratica una cosa che sognavo da piccolo. Non l'ho rivelato a nessuno.

Sono andato ogni giorno a comprare il pane più che altro per riconfermare l'appuntamento, prima che Piero pensasse che lo avessi preso per scherzo. «Allora ci vediamo sabato.»

Infatti quel sabato, alle due di notte, mi sono presentato. La porta del laboratorio era aperta. Avevo un po' vergogna a entrare, non so perché. Ho sostato un secondo prima di varcare la soglia.

Chiaramente non ne sapevo nulla. Il loro lavoro non aveva niente a che fare con quello che avevo visto fare da mia madre. Toccavano la pasta, la giravano, la tiravano con una dimestichezza da sembrare dei giocolieri. Ogni mio gesto, confrontato ai loro, mi rendeva ridicolo. Ho iniziato la mia esperienza facendo tutto fuorché il pane. Spostavo le ceste, pulivo le padelle, toglievo la farina dal tavolo ecc., un po' come se stessi facendo la gavetta. Praticamente non toccavo la pasta. Però ero contento. Avevo voglia di imparare. Ero felice e anche un po' emozionato. Mi piaceva l'idea che magari un giorno avrei potuto muovermi anch'io con quella abilità che loro dimostravano in ogni atto.

Verso le cinque sono uscito a fare una pausa. Se fosse successo prima, avrei fumato sicuramente una sigaretta. Perché, anche se avevo smesso, i "momenti sigaretta" li riconoscevo ancora.

La città era addormentata, silenziosa, buona. Sembrava mia. Sembrava lì solo per me. Ho provato una sensazione bellissima di calma. Di pace, anche interiore. Mi ero perfino simpatico perché avevo fatto una cosa nuova, una cosa che mi piaceva e l'avevo fatta per me. Finalmente.

È passata una macchina. Chissà se la persona che stava guidando tornava a casa tardi o si era alzata presto?

In silenzio cercavo di immaginare le facce delle persone che conoscevo, addormentate nelle loro case. Immaginavo mia madre e mio padre nello stesso letto. Ho pensato a Luca, così lontano da stare sempre nei miei pensieri. "Che ore saranno adesso là?"

Gli altri miei amici. Li vedevo. Li vedevo dormire.

È uscito Piero. Aveva qualche minuto libero anche lui mentre andava l'impastatrice.

«Senti che bello» mi ha detto. «Credo che uno dei motivi per cui ho scelto questo lavoro siano questi momenti. Questa pace. Mi sembra di essere fuori e lontano da tutti i frastuoni della vita. Da tante parole inutili. Mio padre faceva il mio stesso lavoro e io sono cresciuto in mezzo al pane, ai suoi colori e soprattutto al suo profumo. Quando mi hai detto che da piccolo volevi fare il panettiere, credo di aver capito cosa intendevi. Cosa ti aveva affascinato. Perché è successo anche a me. Questo lavoro è avvolto da qualcosa di magico, di misterioso. Oltre al fatto che il pane è un simbolo sacro. È vero che è faticoso alzarsi molto presto al mattino ma il fatto di amare il mio mestiere è la maniglia a cui mi aggrappo per scendere dal letto. A volte penso a chi ha un lavoro che non gli piace e mi chiedo come possa svolgerlo tutti i giorni. Inoltre l'attività manuale mi permette di pensare alle mie cose, a me stesso. Quello di panettiere, poi, è un lavoro che mi ha insegnato molto sulla vita. Ho imparato che per ogni cosa ci vuole il tempo giusto. Che bisogna saper aspettare: aspettare che il pane lieviti, che il pane cuocia. Che alterare questi tempi vuol dire alterare la qualità. E che alla fine tutto quello che fai deve passare dal forno. E il forno è la coscienza. È dopo che il pane è uscito dal forno che capisci se hai fatto le cose giuste o no. Poi, mi piace vedere che creo qualcosa. Mi piace pensare che il mio lavoro va sulle tavole delle famiglie. Mi piace sperare che il pane possa tornare a essere un simbolo di comunione e non di produzione. Anche il fatto che il pane, a differenza della frutta, non abbia una buccia da togliere o da lavare mi costringe ad averne una rispettosa attenzione. Ma adesso andiamo che la pasta sarà pronta.»

Piero mi ha detto delle cose meravigliose. Si è aperto e mi ha commosso.

Ho lavorato fino alle dieci, poi ho preso un po' di quei panini che avevo fatto io e sono tornato a casa. Quel giorno ho mangiato il mio pane.

Mi sono divertito. Andarci tutti i giorni, però, sarebbe stato diverso.

Comunque, da quel sabato ne sono passati tanti altri e adesso già me la cavicchio meglio. Non ho abbandonato il mio lavoro totalmente, continuo part-time. Così, ora a volte vado a fare il pane anche durante la settimana.

Sono tornato indietro a riprendermi un pezzo della mia vita, ma non posso fingere di non vedere chi sono adesso. Tutti questi anni non sono poi da buttare via. La mia esperienza sul lavoro accumulata in questi anni ha un valore. Magari poi un giorno farò veramente il panettiere, anche se non credo, ma per ora va bene così. Ho riscoperto più che altro la voglia di imparare. E il mistero della creazione.

13
La fiorista

Sono entrato in un negozio di fiori a comprare un vasetto di ciclamini per mia madre. Sono i suoi fiori preferiti, sono profumatissimi e probabilmente le ricordano le passeggiate nei boschi.

Ho visto una ragazza che serviva una signora. Sono rimasto incantato a osservarla. Bionda, con i capelli tenuti da una fascia, il viso dolce e sorridente. In mezzo a tutti quei fiori, mi sembrava di essere entrato in una rappresentazione di *Sogno di una notte di mezza estate.*

Lei ha finito di confezionare una piantina per la signora, poi si è rivolta a me: «Dimmi».

«Vorrei dei ciclamini, quelli che si trovano nei boschi, profumatissimi, che piacciono a mia madre...»

«Ho capito, ho capito.»

Mentre lei mi preparava i fiori, io la guardavo continuamente. Era bella. Era bella e non aveva la fede. Non vuol più dire molto, ma comunque...

Ho pagato, le ho sorriso e sono uscito dal negozio. Sono salito in macchina e mi sono pentito subito di non averle chiesto almeno come si chiamava. Cercavo di immaginare il suo nome, con quella faccia poteva chiamarsi... boh! Non riuscivo a darle un nome. Perché ci sono persone a cui non riesci a dare un'età e altre, invece, un nome. Mentre, ad esempio, Sergio ha quasi sempre la faccia da Sergio. Come

Giovanni, Federica, Michela. Comunque, mi sarebbe andato bene qualsiasi nome. Perfino Franca che non è uno dei miei preferiti. "Non ha la fede ma, minimo, è fidanzata, o magari addirittura convive. Cazzo, convive, vedrai. Che sfigato. Una volta che mi piace una a prima vista, questa convive. Convive e magari si deve pure sposare. Chissà lui com'è. Sarà un bel ragazzo? Secondo me, la tratta anche male. Sì, è uno stronzo di sicuro. Adesso le parlo e le faccio capire che con me starebbe da dio. Io non sono come quella merda con cui convive e si deve sposare. Bastardo, la tratta anche male, ma come si permette? Io gli spacco la faccia. Povera... come si chiamerà? Sarà dell'Acquario? Le donne dell'Acquario sono oneste e fedeli, e sono spinte da ideali umanitari. Magari, invece, è del Sagittario. Donne sempre con la testa tra le nuvole, molto generose, amanti delle passeggiate e degli animali. Cazzo, ti adoro, fiorista! Perché ti sposi? Mollalo. Che faccio? Torno dentro e la salvo dall'orco cattivo o me ne vado?"

Sono sceso dalla macchina e sono andato verso il negozio. Mi sono fermato fuori e mi sono ripetuto che stavo facendo una cazzata.

Ma la mia vocina interiore mi diceva: "Finché ci sei nella vita, provaci".

A volte, però, quella vocina amava farmi gli scherzi. Si divertiva. Secondo me, un po' si stava vendicando per tutti gli anni in cui non l'avevo ascoltata.

"Entro, le chiedo come si chiama, se è veramente convinta di sposarsi e, se al limite lo fa perché non può più disdire la chiesa e il ristorante, la sposo io. Così per ridere. Chiaramente."

Entro, non entro, entro, non entro, entro, non entro.

Sono entrato e non c'era nessuno. Il negozio era vuoto, non c'era nemmeno lei. Solamente io e i fiori.

Dopo qualche secondo è sbucata da dietro la porta del retro una signora. «Buongiorno... dica.»

Mi ha spiazzato. "Chi cazzo è 'sta qua?" ho pensato.

«Cercavo... quella... la ragazza... eh... che c'era qua, che convive... con quello stron... cioè che serviva... è bionda...»

«Ilaria?»

«... non so come si chiama, ero entrato appunto per saperlo, comunque Ilaria mi va bene come nome cioè... non è che mi deve andare bene il nome a me... per dire... vabbe'...»

«È andata a casa un attimo, abita qua vicino. Se vuole aspettarla...»

«No, non fa niente, torno un'altra volta, grazie.»

Mi sono girato per uscire, ma in quella ho fatto cadere il vaso pieno d'acqua con dentro tutte le rose rosse a gambo lungo.

«ODDDIO! Mi scusi.» Le ho raccolte e la signora mi ha aiutato. Mentre passavo uno straccetto e la signora mi diceva di non preoccuparmi che avrebbe fatto lei, è entrata Ilaria. Mi ha guardato e mi ha detto: «Abbiamo assunto un ragazzo nuovo? O sei in prova?».

Le ho spiegato che avevo fatto il danno e che ero tornato per sapere come si chiamava perché mi era piaciuta un casino. Sì! Ho svuotato il sacco subito. Una figura di merda in più a quel punto non cambiava nulla. O la va o la spacca, si dice.

Lei, sorridendo, mi ha risposto che si chiamava Ilaria.

L'avevo fatta sorridere, valeva almeno un punto.

Ho finito il mio lavoro e l'ho invitata a bere un caffè per sdebitarmi del danno.

«Volentieri. Mammaaa, vado a bere un caffè» ha annunciato alla signora. Era sua madre. Avevo già fatto la figura del coglione con mia suocera. Non poteva essere semplicemente un'aiutante?! Cosa avrebbe risposto quando Ilaria le avrebbe detto: «Mamma, mi sposo».

«Con chi? Quello che non sa dove mette i piedi?»

Be', a parole non sembra vero. Potrebbe sembrare la storia di un libro o di un film. Ma io e Ilaria avevamo un feeling pazzesco. L'avrei baciata immediatamente. Le guardavo le labbra e desideravo conoscerne il sapore. Sembravano morbide, ma soprattutto sembravano buone, buone da mangiare. Fragolose. Quanto mi piaceva da subito, cacchio! Ero già un quarto innamorato. Ridevamo, parlavamo così bene che, quando mi ha detto che doveva tornare in negozio, si vedeva che un po' le dispiaceva. O questo è quello che io ho voluto vedere.

E poi non era fidanzata, non conviveva e non si doveva sposare. Comunque, lui, se lo incontro, gli spacco lo stesso la faccia. Ma lui chi? Boh!

La mia testa faceva confusione.

Mi sono riavviato verso la macchina. Ero felice e avevo il suo numero di telefono. Me lo sono scritto sul mio e l'ho inviato. Così è rimasto nelle ultime dieci chiamate. Comunque, appena sono salito in auto, l'ho messo subito nella memoria del cellulare. Siccome un'Ilaria c'era già, l'ho memorizzata sotto Ilariamo. Esagerato?

L'ho chiamata la sera stessa.

Quell'incontro mi aveva eccitato. Non dal punto di vista sessuale, intendo dire, eccitato la giornata.

Siamo rimasti al telefono un'ora e dodici minuti. Me lo ricordo ancora scritto sul display. Alla fine, praticamente ho stirato due camicie con il telefonino. Era rovente. Avrei voluto staccarmi l'orecchio e metterlo sott'acqua. Era come avere una bistecca attaccata al lato destro della testa.

La sera dopo siamo usciti a cena. Mi ha detto che amava la cucina cinese. A me non piaceva molto, ma non era importante. Dopo la scoperta del pistacchio, niente era più sicuro. Ho prenotato un tavolo in un ristorante consigliato da un amico. Ero emozionatissimo. L'emozione del primo appuntamento. Sono uscito di casa per andare a prenderla dopo essere rimasto due ore davanti all'armadio per scegliere i vestiti. I capelli non mi stavano proprio come volevo. Li avevo lavati troppo. Quando sono un po' sporchi mi cadono meglio. Sono salito in macchina e ho messo *High Voltage* degli AC/DC per darmi un po' di carica.

Sulle note di It's a Long Way to the Top *(If You Wanna a Rock 'n' Roll)* mi sono diretto verso lei. Ilaria. La macchina saltellava per i bassi e per l'emozione.

Mi sono accorto che una strana aria, però, girava quella sera nella mia auto. Ho buttato un occhio sospettoso là in fondo, e ho capito che la strana aria arrivava dalla suola destra della mia scarpa. Avevo pestato una merda. La suola, parte della scarpa, il pedale dell'acceleratore e quello del freno avevano un ospite. Senza saperlo avevo fatto veramente un bel lavoro. Altro che spatolato veneziano. L'aria nella macchina in pochi secondi è diventata irrespirabile, tanto che mi sono preoccupato anche per la salute del cane. Non avevo i mocassini. Mi ero messo sportivo. Avevo delle splendide scarpe da trekking con quelle belle suole piene di cavità ormai occupate.

Ho fermato la macchina. Sono sceso e ho cercato di toglierla sul bordo del marciapiede. Tentavo di farlo in modo discreto, con la speranza che nessuno mi vedesse, perché un po' mi vergognavo. Mi ripetevo che comunque porta fortuna e, visto che stavo per uscire con Ilaria, forse dovevo essere contento. Wow, che culo, ho pestato una merda e c'ho dipinto gli interni della macchina.

"S'innamorerà follemente di me. Anzi, quasi quasi vado a cercarne un'altra da pestare. Dirà alle sue amiche che mi ama senza sapere perché. Senza sospettare del potere magico della merda."

Quando vi piace una persona e non capite perché, guardate le suole delle scarpe.

Non avevo fazzoletti di carta. I pedali li ho passati con una vecchia multa mai pagata, ma non era sufficiente. C'era merda dappertutto, anche sui tappetini. Un disastro.

Trovato un bar tabacchi, ho comprato una bottiglia di acqua e dei fazzoletti di carta, e ho pulito tutto. I tappetini, dopo averli lavati un po', li ho messi nel baule. Ho notato, però, che in queste operazioni mi ero sporcato anche un pezzetto della manica del maglione. AIUTO. Sono circondato e assalito dalla merda.

Sentivo puzza ovunque e avevo paura di avere dei ricordini da qualche parte. Ho deciso di tornare a casa e cambiarmi. Tanto non ero andato molto lontano.

A tutta velocità, con i finestrini abbassati, sono corso verso casa. Sono salito, mi sono lavato e mi sono cambiato. Poi ho chiamato Ilaria.

«Sono in ritardo di mezzoretta... No, è una cagata, niente di grave. Arrivo subito.»

Sono sceso e mi sono incamminato verso la macchina scrutando il marciapiede come se avessi perso una lente a contatto. Una volta salito ho spruzzato un po' di deodorante che avevo preso in bagno e, con i finestrini sempre giù, sono arrivato sotto casa sua.

Secondo me la macchina non puzzava più. Sapeva di lavanda. Ecco perché non usavo mai quel deodorante. Perché mi faceva schifo. Me lo aveva comprato mia madre. Comunque meglio "lavanda" che "lamerda".

Ho suonato il campanello e l'ho aspettata fuori dalla macchina. Lei è scesa dopo qualche secondo. Aveva un paio di pantaloni e un maglioncino neri. Mi ricorderò sempre il sorriso nell'istante in cui mi si è avvicinata.

Le parole che ho pronunciato dentro di me sono state: "Io, con questa, ci faccio almeno dieci figli".

Siamo andati al ristorante cinese. Ero emozionato, veramente. Non sapevo nemmeno cosa ordinare. Lei guardava il menù, io guardavo lei. Poi si è spostata un ciuffo di capelli dietro un orecchio, e con quel gesto i bambini che volevo fare con lei sono diventati quindici. Ogni tanto, tra il collo e la spalla, da sotto il maglioncino sbucava un pezzo di bretellina del reggiseno. Nero. Sulla sua pelle chiara. Sembrava che tutto facesse pendant con il resto della mia vita.

Ti amo, ti amo, ti amo, ti amo, porcaputtana! Ma non ho detto una sola parola. Ho pensato solo che mi sarebbe servito un furgoncino per portare a scuola tutti quei mocciosetti che volevo da lei. La vocina dentro di me sfotteva, prendeva in giro. Mi sentivo un po' ridicolo dentro.

Un po' arruffato.

Ho cercato di ordinare. A me la cucina cinese non è mai

piaciuta. In più, ho sempre la paranoia che poi, uscendo, puzzo di unto dalla testa ai piedi per via del fritto.

Mi sono fatto consigliare.

Non ricordo esattamente cosa ho mangiato, ricordo solo che ho finito la cena con il gelato fritto. Io non digerisco il fritto. Perché cazzo ho preso il gelato fritto se non lo digerisco? Perché quella sera ero felice, felice di essere lì con lei, di essere con Ilaria. Quando sono felice, mi sembra che non mi possa succedere niente, mi sembra che nemmeno il fritto mi possa far male. E poi me lo aveva consigliato lei, cosa le dicevo: "No, scusa sai il fritto non lo digerisco"?

Sì, avrei potuto fare così, e non sarebbe successo niente, ma invece ho detto: «Non l'ho mai preso, ma dev'essere buono».

Mi si è piantato sullo stomaco come un'incudine. L'ho capito subito. Dopo il ristorante siamo andati in un locale carino a bere qualcosa, e ho preso una "simpatica" caipiriña. Quel cocktail meraviglioso pieno di pezzettini di ghiaccio.

Al secondo sorso stavo già sudando freddo. Mi immaginavo i pezzetti di ghiaccio fraternizzare con il gelato fritto, la carne e le salsette, nell'indecisione, come in un ascensore, se andare su o giù.

Non stavo bene. Non stavo bene e mi sentivo un pirla. Mi stavo rovinando la serata. Non ero molto brillante. Più che sulla conversazione ero concentrato a non vomitare o a non farmi venire un attacco di cagarella fulminante. Ma che non stessi molto bene se n'è resa conto anche lei, perché molto ironicamente mi ha chiesto: «Sono io che ti vedo verde o sei tu che non stai tanto bene?».

Lì sono crollato, non potevo più far finta di niente.

«Mi sa che non ho digerito il gelato fritto.»

E lei mi ha detto: «Io l'ho assaggiato una volta sola. Mi ricordo solo che era molto buono, ma poi sono stata male. Neanch'io lo digerisco. Lo consiglio sempre a tutti e tu sei l'unico che l'abbia preso».

Umiliato, distrutto fisicamente e moralmente... Ce ne siamo andati. L'ho accompagnata silenziosamente a casa. Non ci siamo dati nemmeno un bacio. Avrei voluto piangere. Che sfigato. Mi sentivo Topo Gigio. Fortuna che pestare merde porta bene. Sono rimasto sveglio tutta la notte a bere cose calde. Che tristezza. Nemmeno la mattina dopo stavo proprio bene. Non sono andato a lavorare. Mi sono preso un part-time dal part-time. Lei mi ha telefonato, ma non ho risposto. Avevo un po' vergogna e non volevo parlare. Mi ha richiamato più tardi, ma io niente. Le ho mandato un messaggino con scritto che stavo meglio. Mi ha richiamato subito e quella volta ho risposto.

Ho confessato che la cucina cinese non mi era mai piaciuta e che il fritto non lo digerivo. Le ho raccontato la storia della merda e che mi ero reso conto di aver fatto la figura del Topo Gigio.

Rideva, rideva, rideva.

Mi ha detto che ero uno stupido e che quando era salita in macchina aveva sentito una strana aria, ma non mi aveva chiesto nulla. Aveva avuto paura di averla pestata lei: si era addirittura controllata le scarpe cercando di evitare che me ne accorgessi. Mi ha confessato che odiava il profumo della lavanda. Rideva, rideva, e poi ha aggiunto che era stata molto bene con me prima del "tracollo" e che, se non la invitavo a uscire ancora con me al più presto possibile, mi avrebbe spedito scatole di gelato fritto tutti i giorni.

«Vado che è entrata una cliente. Ci sentiamo dopo... Ciao, Topo Gigio... Mi piaci.»

Abbiamo chiuso la telefonata e io stavo già bene.

Cacchio, se stavo bene. Cioè, stavo male, molto male. Avevo mal di pancia. Ma stavo da dio.

Sono rimasto a letto tutto il giorno a pensare dove avrei potuto portarla la volta successiva. Dovevo recuperare. Ilaria era la ragazza con cui più mi piaceva fare l'amore. Dio, quanto mi piaceva farlo con lei. Non era mai successo, ma si capiva subito che mi sarebbe piaciuto un casino.

Concessionariaaaa... preparate il furgoncino, i pargoletti aumentano!

14
Amo il pomeriggio

Lunedì pomeriggio Ilaria non lavorava. Così, me ne sono andato con lei a camminare per la città.

Un pomeriggio in giro a cazzeggiare, a guardare semplicemente le vetrine. Lo facevo quasi sempre da piccolo con mia mamma. Ne ho dei bellissimi ricordi, a parte la volta che ho tirato la manica di mia madre per chiederle di comprarmi una cosa che avevo visto su uno scaffale e poi mi sono accorto che non era la sua manica ma quella di un'altra signora. Mi sono spaventato tantissimo, e non trovando subito mia madre ho iniziato a piangere. Lei stava guardando una cosa dall'altra parte del negozio. Non mi aveva abbandonato, ma per un attimo l'ho pensato. Di quei pomeriggi ricordo anche che a un certo punto si andava in un bar a bere la cioccolata calda. Wow! Quando ci mettevo lo zucchero, anche tre-quattro cucchiaini, all'inizio rimaneva in superficie e io mi divertivo a vederlo affondare. Risucchiato da quel blob nero. Da piccolo mettevo un sacco di zucchero ovunque. A volte capitava anche che mio papà mi lasciasse un goccino di caffè nella tazzina: io ci aggiungevo chili di zucchero e poi lo mangiavo. Mi piaceva lo zucchero al sapore di caffè. Quando sono diventato grande e ho iniziato a bere il caffè, lo zuccheravo moltissimo. Crescendo ho imparato a diminuire la dose. Mettere tanto zucchero nel caffè è veramente da ragazzini. L'altra cosa che ricordo di quei pomeriggi in città era che, entrati in casa, si faceva a gara per andare in bagno a fare la pipì. E che soddisfazione fare la pipì dopo quelle passeggiate al freddo.

Quel giorno invece gironzolavo con Ilaria.

Mi ero già dimenticato della figura che avevo fatto alla prima uscita. Stare lì in pieno giorno in mezzo alla gente rendeva tutto più semplice e io ero molto più tranquillo e rilassato. Non c'era la tensione della prima sera, seduti a un tavolo di un ristorante cinese, uno di fronte all'altra. A tavola sembra che non ci sia mai una via d'uscita.

Invece, lì per le strade della mia città mi sentivo a mio agio. Toccavo addirittura punte di spavalderia.

Guardavamo le vetrine e chiacchieravamo continuamente. Poi, come da copione, siamo entrati in un bar a bere qualcosa di caldo. Come i bar di quando ero piccolo, anche quello era talmente pieno di pastine, brioche, biscotti che c'era l'imbarazzo della scelta. Ogni tanto, dalla porta entravano persone cariche di borse con scritti sopra nomi di negozi.

Noi non avevamo comprato molto. Io un paio di cd: «The Best of Vaya Con Dios» e «Camera a Sud» di Vinicio Capossela. Lei un libro: *Denti bianchi* di Zadie Smith.

Parlando, ho spiegato un po' a Ilaria cosa mi era successo nell'ultimo periodo. Grosso modo, chiaramente, per non spaventarla.

Le ho raccontato della mia ricerca della felicità. Del mio tentativo di dire basta al flusso che seguivo ma che non mi apparteneva.

Della difficoltà che avevo avuto ultimamente nel rapportarmi con le persone. Del fatto che questo lavoro importante sulla mia vita mi aveva portato a essere una persona diversa e che quindi stavo imparando a gestirmi. E dell'incontro decisivo con me stesso, che mi aveva cambiato e che mi aveva guarito da tutte le mie ansie e paure. Mi ha detto che capiva quello che intendevo perché anche lei, per via di una sua scelta, una scelta sbagliata, aveva avuto lo stesso problema. Non mi ha voluto svelare quale era stata quella scelta sbagliata. Credo che fosse una cosa seria perché parlandone è diventata molto pensosa.

Non sembravamo due persone che si erano incontrate, ma che si erano ritrovate.

Quella sera, dopo la lunga passeggiata metropolitana, siamo andati a mangiare insieme. Questa volta pizzeria. Margherita e birra. Un classico che il mio stomaco conosce e non teme. In un'oretta avevo già digerito. Poi ho accompagnato Ilaria fin sotto casa. Quando è scesa dalla macchina, ho aspettato che fosse entrata nel portone prima di ripartire. Piccole attenzioni per noi uomini, veri e propri mondi di confidenze con le amiche per le donne.

«Poi è stato carinissimo, ha aspettato che fossi entrata prima di ripartire e mi ha anche mandato un bacio con la mano...» E quando finiscono di dirlo alle amiche, i loro sguardi diventano tuoi alleati e remano per te.

Anch'io a volte guardo queste cose. Ad esempio, se è una ragazza ad accompagnarmi a casa, quando scendo non mi piace se riparte subito sparata. Mi aspetto che da dentro la macchina mi saluti ancora una volta. Mi piace pensare che non basti chiudere una portiera per far cambiare subito dimensione. Atmosfera. È una cavolata, lo so, ma se parte subito ha già la testa da un'altra parte e... cacchio, voglio dire, aspetta un attimo!

No, perché se ti sei stufata. Allora dillo, piuttosto.

Sono tornato a casa e quella notte ho pensato ai miei genitori. Mi sono venute in mente quelle notti in cui immaginavo la mia esistenza senza di loro. Ormai avevo imparato che davanti alla morte non potevo fare niente, ma davanti alla vita sì. Ora avevo coscienza e non paura di morire. Non potevo più preoccuparmi della morte, perché dovevo occuparmi della vita.

Ho pensato che, quando si incontra una persona, quell'incontro crea cose nuove. Dà vita a pensieri, riflessioni, sentimenti, azioni, che appartengono solo alle due persone che si sono incontrate. L'amore che circola tra loro deve essere sempre vissuto tutto, in ogni momento. Fino in fondo. Perché l'amore quando circola, quando viene vissuto è leggero e fa sentire leggeri, ma se viene bloccato, se non lo si vive diventa piombo.

Infatti, quando una persona muore, oltre alla sofferenza per la perdita, una delle cose più difficili da sopportare è pensare a ciò che non si è detto, fatto e vissuto. Tutto l'amore, tutte le parole, i pensieri che erano dentro di noi, ed erano lì per quella persona, erano lì per essere donati a lei. Certo che, quando i miei genitori se ne andranno, dovrò affrontare il dolore, ma credo che sarà un dolore più leggero perché non avrà il peso dei rimpianti. Finché una persona c'è, voglio cercare di darle tutto ciò che ho, tutto ciò che mi è possibile.

Più di una volta, ad esempio, ho cercato di scrivere una lettera ai miei genitori, ma non ci sono mai riuscito: dopo "caro papà" o "cara mamma" mi bloccavo. L'altro giorno invece ce l'ho fatta.

E questo vale per tutto. Anche per la mia vita. Devo vivere fino in fondo. Amare fino in fondo. Con tutte le forze che ho. Per non avere un giorno il peso di cose non vissute, non fatte e non dette. Devo fare la mia parte.

C'è una frase famosa che dice: *vivere come se morissi il giorno dopo, pensare come se non morissi mai.*

15
In paradiso col cucchiaio

Ilaria mi piaceva molto. Mi faceva sentire come un adolescente. Mi piaceva stare con lei anche quando non c'era. Nel senso che, se ero solo, mi piaceva pensarla e mi sembrava che fosse lì con me. Mi ritrovavo spesso durante il giorno a sorridere pensando a lei. Era un modo di amarla. Mi piaceva anche sentire quel leggerissimo e delicato dolore quando ci salutavamo prima di lasciarci. E nell'arco di tempo da quel momento a quando poi l'avrei rivista, coltivavo l'amore per lei osservando e vivendo il mondo. Raccoglievo l'amore per il mondo per poterglielo donare e raccontare. Tutto mi diceva che dovevo vivere. A volte, mentre parlava, non la sentivo più. Rimanevo incantato dalla sua bellezza e, fissandola, mi perdevo in viaggi immaginari fatti di noi, fatti di cose che volevo vivere con lei. Inoltre, ciò che lei rappresentava in quella fase della mia vita la rendeva ancora più affascinante. Lei era anche una nuova occasione d'essere migliore. Con lei si azzerava tutto e potevo finalmente iniziare con il mio nuovo io. È sempre stato così: incontri qualcuno che non conosci e quel qualcuno, a differenza dei tuoi amici, ti conosce per ciò che sei. Per ciò che sei in quel momento. Questa persona non è condizionata da chi eri o da che cosa avevi fatto in passato. Non ha mai visto la tua faccia prima. I tuoi amici sì. E, onestamente, non tutti gli anni della tua vita sei stato fighissimo.

Con lei sono ripartito. È bello riprovare a essere sinceri:

per questo motivo succedeva che, incontrando qualcuno, mi aprivo subito. Lei mi piaceva molto, ma soprattutto con lei "mi" piacevo molto. Uscendoci, conoscevo due persone nuove. Adesso avevo anche imparato ad avere equilibrio. Non avevo più paura. Non volevo più rimandare. Se prima mi regalavano una bottiglia di vino buono, la tenevo chiusa e aspettavo la grande occasione, il momento speciale. Quel mio nuovo modo di vivere mi costringeva invece ad aprirla subito. Ogni istante era speciale. Non aspettavo più giornate speciali e colorate, ma ero io a renderle speciali, ero io a colorarle. Perlomeno facevo il possibile, la mia parte. Quello che mi era concesso. Fino in fondo.

Con Ilaria ero deciso a realizzare il mio nuovo progetto.

Dopo qualche sera l'ho invitata a venire a mangiare da me. A casa mia. Sono andato a fare la spesa e poi sono passato in negozio a prenderla. Lei è uscita con un mazzo di tulipani rossi. Avevamo deciso che avremmo cucinato insieme. Ero felicissimo, la vita mi penetrava in ogni cellula del corpo. Appena siamo entrati in casa, lei ha messo i fiori in un vaso e io ho acceso le candele e Aretha Franklin nello stereo.

Il random ha scelto una sequenza perfetta. Meglio di qualsiasi DJ.

Ricordo le prime tre: *Don't Play This Song, Day Dreaming, Angel.*

Ho aperto una bottiglia di vino. L'avevo comprata in un'enoteca nel pomeriggio e, pensando che l'avrei bevuta con Ilaria, mi ero ubriacato ancora prima di arrivare alla cassa.

Mentre cucinavo il sugo per la pasta, mi ha chiesto dove poteva trovare le posate, i piatti e la tovaglia. Poi ha apparecchiato. Era bello vederla gironzolare per casa. Abbiamo preparato delle verdure come secondo. Tutto questo sorseggiando vino rosso.

Abbiamo parlato come sempre di tante cose. Ormai era già da un po' che uscivamo insieme, che ci frequentavamo. Erano anni che non mi capitava di uscire con una ragazza che mi piaceva molto e di non farci l'amore subito. Al massimo dopo un paio di uscite succedeva. Questo non vuol dire che avere aspettato sia stato meglio o che lei fosse più seria delle altre. Probabilmente con altri uomini c'era stata subito. Ma tra noi qualcosa ci diceva di aspettare. Avevo la sensazione che, facendo l'amore subito, si sarebbe rotto qualcosa. La vedevo così delicata e fragile. Quasi da dover contemplare per un po' prima. Forse era solo una stupida convinzione, anzi sicuramente lo era. Perché in fondo sono certo che anche una palla di cristallo ha voglia di rimbalzare. Ha voglia di giocare.

A un certo punto in cucina, mentre ero ai fornelli, lei ha preso l'iniziativa e mi ha abbracciato da dietro. Mi sono girato e ci siamo baciati.

Per la prima volta.

Con il cucchiaio di legno in mano sono entrato in paradiso. Magari san Giuseppe, che è falegname, ha pensato che fossi un cliente che andava a lamentarsi.

Quel bacio tanto atteso mi dava il capogiro.

Mi ricordo che dopo un secondo ho tirato indietro un po' il bacino perché avevo vergogna della mia erezione. Era un momento così pieno di tenerezza che quel braccetto di scimmia incandescente che pulsava nei boxer rovinava un po' l'atmosfera. Ci sono volte che lo si appoggia volentieri, altre che non sta bene affatto.

Comunque quella sera, non so se perché era il momento giusto, se era per il nostro sentimento o semplicemente perché avevamo steso una bottiglia di vino in due, dopo aver mangiato abbiamo fatto l'amore.

Mi sono trovato nel letto con lei tra le braccia. Completamente nudi.

Tenevo il suo viso tra le mani. Come la cosa più preziosa al mondo. Le accarezzavo le guance, la fronte e le spostavo i capelli. Mamma mia che roba. Ero gonfio, pregno d'amore. Seguivo la linea delle sopracciglia, del naso, delle guance e delle labbra con la punta del mio naso. Poi sono sceso sul collo. L'ho baciato fino alla spalla. Poi ancora il collo, poi le labbra facendole sentire appena appena la punta della lingua, poi nuovamente il collo fino all'altra spalla. Mi spostavo di lato come un granchio. Sono sceso con la bocca sulla linea tra i due seni e poi, uno alla volta, li ho visitati lentamente accompagnandomi con la mano. Li sollevavo piano verso le labbra. La sua pelle così liscia, il suo colore, il suo profumo, mi... mi... boh! C'è una parola? Non c'è.

Le ho baciato i fianchi, la pancia e poi lentamente sono sceso passando per l'inguine fino al ginocchio e infine la caviglia. Nel silenzio di quel lungo viaggio c'erano attimi in cui la sentivo tremare con piccoli brividi. Sono risalito e ridisceso sull'altra sponda, sull'altra gamba. Poi l'ho baciata piano. L'ho baciata dove il nostro desiderio si incontrava. La mia lingua percorreva delicatamente un piccolissimo tratto umido e caldo come fosse una striscia di lava. La accompagnavo con le dita. Poi sono risalito e sono entrato dentro di lei.

Non ci sono stati grandi movimenti. I nostri corpi si muovevano poco e molto lentamente. Erano grandi abbracci. Ci si stringeva e ci si comprimeva l'uno contro l'altro. Cercavamo e trovavamo incastri perfetti. Un puzzle fatto solamente da due pezzi. Io e lei.

Le sentivo il respiro spezzato da sussulti. Ogni respiro era amplificato. Ricordo che mentre salivo e scendevo piano piano sopra di lei come un'onda ci siamo presi le mani. Le mie dita tra le sue. Una stretta forte, poi delicata, poi ancora forte.

Abbiamo raggiunto il momento finale insieme, ci siamo abbracciati con tale intensità che ho avuto paura di stritolarla. Una scarica così forte non l'avevo mai sentita. Siamo restati fermi, immobili, senza parlare per un po'. Avrei voluto dirle un milione di cose e l'ho fatto. L'ho fatto stando zitto e abbracciato a lei. Lei ha fatto lo stesso. Poi lentamente siamo tornati ognuno nel proprio corpo.

Non avevo mai provato una cosa così.

Avete presente quando da piccoli si provava a sfregare due legnetti per fare il fuoco? Era come se con le altre donne fossi riuscito a scaldarli, e con lei, invece, a fare finalmente la fiamma.

Ho iniziato delicatamente a baciarla sul viso, sulla testa e sul collo. La baciavo e la accarezzavo, non riuscivo a fermarmi. Piano piano abbiamo iniziato a dire qualche parola, poi ci siamo addormentati abbracciati.

Più tardi ho scelto una posizione più comoda perché mi sono ricordato che una volta mi ero addormentato abbracciato a una ragazza e quando mi ero svegliato avevo visto una cosa che si muoveva da sola nel letto come un pesce fuor d'acqua. Era lui. Il mio braccio. Rispondeva ormai a comandi autonomi. Viveva di vita propria.

Quindi, quella sera, vista l'esperienza passata, sono rimasto comunque vicino a lei, ma senza ostacolare la circolazione del sangue.

La mattina mi sono svegliato prima di lei e sono rimasto a guardarla dormire. Sembrava una bambina. Chissà dov'era con la mente in quel momento, chissà cosa stava sognando. Guardavo il respiro che le muoveva la pancia e ho iniziato a respirare con la sua stessa cadenza. Respirare in simbiosi con lei. Erano respiri corti e lenti. Facendo così, forse speravo di essere ancora più in sintonia con lei e di esserle ancora più vicino. Volevo raggiungere un'intimità maggiore.

Era distesa su un fianco con il braccio piegato verso il mio cuscino. La mano un poco aperta sembrava mendicare qualcosa. L'insieme era l'immagine della mia vita di prima. Di qualche tempo prima. Addormentata, incosciente, che chiedeva un incontro, un piccolo dono. Sono andato in cucina e ho preparato il caffè. Volevo portarle la colazione a letto come nei film, ma siccome a me non piace fare colazione a letto ho deciso poco democraticamente che non piaceva nemmeno a lei, quindi ho portato solo il caffè. Mangiare a letto a me non piace: le briciole, il vassoio che si muove, le gambe che devono stare immobili. Il caffè a letto, invece, mi piace. Ne ho preso un sorso tra le labbra e baciandola sulla bocca gliel'ho fatto sentire. Si è svegliata, stropicciatissima. Ha finito di bere il caffè, e io ho iniziato a mettere mani e bocca dappertutto. Un po' meno romantico della sera prima, ma sempre molto delicato.

In cucina a fare il caffè c'ero andato in mutande e quando sono tornato a letto avevo le gambe fredde. Lei invece era bollente. La pancia, le cosce, la schiena. Tutta calda, una stufetta. L'ho abbracciata e poi giù ancora di patapàm. Che bello. Che meravigliosa ipoteca avevamo messo sulla giornata facendo l'amore. Che sorriso gigante sul mondo che ci aspettava là fuori.

Doccia canticchiando e poi a lavorare. Che peccato che proprio quella mattina avevo un appuntamento.

Lei invece non aveva problemi di lavoro. Il negozio lo avrebbe aperto sua madre. Quindi è rimasta a letto. Le ho lasciato le mie chiavi.

LE MI-E CHIA-VI.

Prima di uscire ho apparecchiato la sua colazione.

Sul sacchetto dei biscotti ho attaccato un post-it con la mia dichiarazione d'amore.

Tu sei tutto ciò che prima
non sono mai riuscito a dire,
mai riuscito a vedere, fare, capire.
Finalmente sei qui... ho aspettato tanto.
Ci vediamo stasera.

16
Viviamola

Nella testa, mentre lei mi parlava, viaggiavano a una velocità pazzesca milioni di pensieri. Mi sarei voluto dichiarare. Avrei voluto dirle tutto. Spiegarle la storia della verginità del sentimento, della parola, del gesto. Avrei voluto svelarle cosa pensavo, cosa provavo, cosa sentivo.

"Non posso dirle veramente quello che ho in testa" pensavo. Sarebbe esplosa come un uovo nel microonde. Sarebbe stato come riversare un quintale di purè su una margherita. E ho detto purè perché mi sono raffinato.

Immaginavo cosa sarebbe successo se le avessi detto: "Vedi, Ilaria, io non sono molto pratico nel sentimento da qui in poi. Per una serie di paure e altre cose non sono mai andato fino in fondo in un rapporto. Non ho mai messo le carte in tavola. Di solito o passavo o bluffavo.

"Ho sempre pensato che certi sentimenti, certe parole, certi gesti andassero conservati per una sola persona. Ora non so nemmeno più esattamente cosa pensare. Forse avevo sbagliato. Comunque sia, io l'ho fatto. Ho conservato delle cose. Il mio sentimento è un campo innevato mai calpestato prima. L'ho protetto per anni. Non so cosa succederà tra noi, ma questo non è più un limite.

"Con te ho capito che, quel campo, lo voglio attraversare. Se tu lo vorrai, ti prenderò per mano e ti porterò dall'altra parte. Quel campo così come è adesso, senza passi, è uguale a tanti altri campi di chi come me non ha mai avuto il coraggio. Le nostre tracce lo renderanno irripetibile e unico.

"Con te sarò nuovo.

"Ti dico queste parole nel periodo migliore della mia vita, nel periodo in cui sto bene, in cui ho capito tante cose. Nel periodo in cui mi sono finalmente ricongiunto con la mia gioia.

"In questo periodo la mia vita è piena, ho tante cose intorno a me che mi piacciono, che mi affascinano. Sto molto bene da solo, e la mia vita senza te è meravigliosa.

"Lo so che detto così suona male, ma non fraintendermi, intendo dire che ti chiedo di stare con me non perché senza di te io sia infelice: sarei egoista, bisognoso e interessato alla mia sola felicità, e così tu saresti la mia salvezza. Io ti chiedo di stare con me perché la mia vita in questo momento è veramente meravigliosa, ma con te lo sarebbe ancora di più. Se senza di te vivessi una vita squallida, vuota, misera non avrebbe alcun valore rinunciarci per te. Che valore avresti se tu fossi l'alternativa al nulla, al vuoto, alla tristezza? Più una persona sta bene da sola, e più acquista valore la persona con cui decide di stare. Spero tu possa capire quello che cerco di dirti.

"Io sto bene da solo ma da quando ti ho incontrata è come se in ogni parola che dico nella mia vita ci fosse una lettera del tuo nome, perché alla fine di ogni discorso compari sempre tu. Ho imparato ad amarmi. E visto che stando insieme a te ti donerò me stesso, cercherò di rendere il mio regalo più bello possibile ogni giorno. Mi costringerai a essere attento. Degno dell'amore che provo per te.

"Come potrei convincerti che saprò amarti se non sapessi amare me stesso? Come potrei renderti felice se non potessi rendere felice me stesso?

"Da questo momento mi tolgo ogni armatura, ogni protezione. Con questo non ti sto dicendo: 'viviamo insieme'. Ti sto dicendo: 'Viviamo'. Punto.

"Non sono solo innamorato di te, Ilaria. Io ti amo.

"Per questo sono sicuro. Nell'amare ci può anche essere

una fase di innamoramento, ma non sempre nell'innamoramento c'è vero amore. Io ti amo. Come non ho mai amato nessuno prima. E sono anche innamorato di te."

Avrei finito di bombardarla con tutte quelle inutili parole e l'avrei guardata mentre la sua testa esplodeva. Pezzi di cervello sul frigorifero, sul tavolo. E anche un braccio sul divano, una gamba sulla libreria. Una scena veramente pulp. Veramente splatter. Avrei dovuto prendere lo straccio e pulire il pavimento. Troppo rischioso.

Poi a me il sangue impressiona.

Fortunatamente questi concetti me li sono tenuti per me. Avevo imparato. Ho evitato di essere pesante come un brasato con peperonata alle nove della mattina e ho fatto un lavoro certosino di taglia, cuci, incolla, gira, togli, impasta, frulla, sminuzza, affetta. Alla fine con grande amore le ho detto: «Ilaria, mi sa che mi piaci un casino. Vorrei vedere se è vero. Vorrei vivermela. Punto».

Sì, in sintesi volevo dire quella cosa lì. Mi piaceva.

Lei mi ha guardato e mi ha sorriso, mi ha dato un bacio, mi ha abbracciato e poi guardandomi negli occhi mi ha detto: «Anche tu mi piaci un casino e vorrei vedere se è vero. Viviamola. Punto».

La vita ci aspettava.

Abbiamo mollato le cime e la nave è salpata. Senza dover pulire il pavimento.

Indice

«È una vita che ti aspetto»
di Fabio Volo
Oscar bestsellers
Mondadori Libri

Questo volume è stato stampato
presso ELCOGRAF S.p.A.
Stabilimento - Cles (TN)
Stampato in Italia. Printed in Italy